生 命 壮 歌

从知青到小麦育种专家、新中国最美奋斗者

黄自强 ◎ 著

中国文联出版社

图书在版编目（CIP）数据

生命壮歌：从知青到小麦育种专家、新中国最美奋
斗者／黄自强著．－－北京：中国文联出版社，2023.1
　ISBN 978－7－5190－5121－1

　Ⅰ.①生… Ⅱ.①黄… Ⅲ.①纪实文学—中国—当代
Ⅳ.①I25

中国国家版本馆 CIP 数据核字（2023）第 026451 号

著　　　者　黄自强
责任编辑　周　欣
责任校对　阮书平
装帧设计　中联华文

出版发行　中国文联出版社有限公司
地　　　址　北京市朝阳区农展馆南里 10 号　　　　邮编　100125
电　　　话　010－85923025（发行部）　　　85923091（总编室）
经　　　销　全国新华书店等
印　　　刷　三河市华东印刷有限公司

开　　　本　710 毫米×1000 毫米　　1/16
印　　　张　11
字　　　数　122 千字
版　　　次　2023 年 1 月第 1 版第 1 次印刷
定　　　价　68.00 元

一粒良种能造福千万苍生

——裘志新

序

项宗西

"只为黎庶岁丰稔，岂惜平生血汗耕。"这是 2021 年 12 月 21 日，我惊悉志新同志噩耗，挽诗中对其"一粒良种能造福千万苍生"而孜孜不倦追求的赞美。

我与志新同年出生，又和他同年在杭州高中毕业，并于同月同日同乘一列火车从故乡来宁夏永宁县插队当农民。我分在县农场，他分在胜利公社，由于志气相投，彼此相互关心，多有交流。我为他取得的每一项成就而高兴，也为他晚年被病魔折磨所揪心。悉他病逝，我不由在诗中悲叹："噩耗飞来泪雨倾，长河紫塞放悲声。"

志新同志务农及从事育种工作终身，一辈子耕耘在这块绿色黄土地上，由一名知青成长为小麦育种专家，从一名农工到当选新中国最美奋斗者。他在县农牧局管辖的副科级事业单位（永宁县良种繁殖场）岗位上捧回了国家级大奖，许多人感到不可思议，更有人说他运气好。但理性思考者都明白，天上不会掉馅饼，一分耕耘一分收获，天道酬勤，有志者事竟成。他取得的每一项科研成果都不是偶然的，而是锲而不舍、上下求索、努力拼搏的必然结果。

志新同志来宁夏时，就下定了一辈子在宁夏当一个有文化知识新农民的决心，且知行合一，泰山压顶不弯腰，惊涛骇浪不低头，心无旁骛地将自己一身足迹镌刻在塞上大地。

他善于学习，在插队时就刻苦钻研农业知识，与其他杭州知青一起研发了5万公斤菌肥，解决了麦子缺肥之需。到良繁场后，他自学了农业大学相关专业的全部课程，做了近百万字的读书笔记，使自己尽快从外行转为内行。他还注重理论与实践的结合，遇事不耻下问，四处拜师学艺，为事业成功打下了坚实基础。

在激烈的人生和市场竞争中，他养成了一丝不苟、追求卓越、乐于钻研，学一行爱一行，干一行精一行的工匠作风，力求将每件事做到极致，创造了宁春4号四十年久种不衰的奇迹。

他对新生事物充满好奇，有超前的创新思想和系统思维，善于总结前人经验，能敏锐发现问题的要害，处事严谨周到，不墨守成规，勇于开拓进取，使宁春4号育成至审定时间从12年缩短为8年，便很快在广袤的春麦种植区推广，累计种植面积愈1.5亿亩，增产超150亿公斤，麦农增收达300亿元，为麦农脱贫和守住国家粮食安全底线做出了重要贡献。

一辈子农民和农业科技工作生涯，不仅锤炼了他不怕苦不畏难的坚强意志，更使他切身感受到地中刨食农民兄弟之不易，对农民充满了感情、尊重和敬意，把解决农业生产中的难题作为自己的终身追求。

长期在基层摸爬滚打经历，使他十分清楚底层人民群众在想什么？盼什么？爱什么？恨什么？因此，他总结出廉洁聚人、律己服人、身正带人、无私感人的十六字基层工作法，团结带领团队踔厉奋发、笃行不怠，成就了大业，被联合国粮农组织小麦育种专家誉为："宁春4号的选育，是绿色革命、穿梭育种的典范，其经验值得认真总结"；被我国小麦育种界泰斗、中科院院士庄巧生赞为："不愧为同类中的佼佼者"。

"麦浪万顷仓廪实，沧桑七秩家国情"。志新的一生是壮美的，他创造的业绩是感人的，他清心寡欲、公而忘私的灵魂是高尚的，他的精神象其培育的种子一样在这块黄土地上生根、发芽、茁壮成长。

本书作者黄自强同志也是来永宁插队的杭州知青，照他的话说也是一趟火车拉到宁夏的，同样为我们知青中的佼佼者，只不过他后来一直奋斗在工业和基本建设战线，至今仍生活在宁夏。他对我讲，是被裘志新高尚的人品、意志、情怀深深打动，所以不顾年逾古稀，眼花耳背，多种疾病缠身，四处奔走，采访有关人物，收集大量资料，凤兴夜寐，饱含激情写就了这部纪实文学，用文字为裘志新画了一幅存世肖像。该书二稿黄自强是重病手续后在病房中一字一句修改的。因此，看了作品我既被裘志新同志的崇高精神所打动，又被作者的创作激情和辛勤付出而感动。我深信，此书必将成为年轻一代成长、成才并走向成功的励志之作；也为乡村振兴和宣传宁夏、热爱宁夏、创业宁夏、把宁夏建成黄河流域生态保护和高质量发展先行区提供了一份宝贵而生动的精神食粮。

是为序。

2022 年 4 月

（项宗西，系杭州支宁知青、九届宁夏政协主席、全国政协经济委员会原副主任、中国作家协会会员、中华诗词学会顾问。）

目　录
CONTENTS

第一章　魂销肠断

晴天霹雳

隆冬的傍晚，古城银川郊外，天地间自带一抹凄美的色彩：枯黄的原野上，鳞皮状的沙枣树被凛冽的寒风刮弯了腰，但酱红色的沙枣依然密密麻麻簇拥在长满尖刺的枯枝上，不离不弃；失群的白色鹭鸟，虽不时发出孤独的哀鸣，却仍在银装素裹的七子连湖畔奋力翱翔；褪去耀眼光彩的夕阳已悄然坠于贺兰山巅，但还是在西边天际线映现出一片淡红色晚霞……置身于此，不由让人心生塞上朔风烈，贺兰夕阳红的悲壮之感。

2021年12月17日黄昏，是我约好向裘志新二女裘敏归还因写"宁春4号之父"（刊于《朔方》2021年7期）所借其父二十多本工作笔记的时间。我手提装满笔记本的红布袋，提前在住区大门对面车辆顺行方向的马路道牙上等候。

"黄叔，我在您住区大门口呢！"不一会，只见身着灰色羽绒服，剪着短发，五官端正，身材丰腴的裘敏站在小区正门口使劲向我招手呼喊。

正值下班高峰时段，马路上车流不息，我迅速穿过斑马线，将红色小布袋交给她，并急切地问："你爸的病咋样？"

"这几天我们全家可高兴了，老爹能被搀扶着坐到沙发上了，还可与我们简单交流，胃口也好多了。"

"好！好！这就好！真是天大的喜讯，好人一定平安！"我欣喜回答。

"黄叔，我没私家车，下班后直接打车到这儿，天色已晚，我得赶快回，改日再去看阿姨！"

"行，照顾老爸要紧，他可是我们的国宝，愿他一天天好起来，元旦我去看他。"

送走裘敏，我难抑兴奋的心情，顶着寒气坐在小区绿地内的长条椅上，不由回忆起辛丑年正月初四去探望裘志新的情景。

那天，我从银川专程驱车永宁，在同为杭州知青的金维新陪同下，看望了我们共同的"插友"（插友系我们知青间的昵称）裘志新。

裘志新住在县城一个普通小区里，夫妻俩与三个女儿的家是一套建筑面积107㎡的小三室户型，虽说面积不大功能全，但还是让人感觉略为憋屈，特别是节假日，当三个女儿携带孩子回来时也许就转不开了。室内白墙白顶，普通木地板；书架是用装修边角料拼制成的，由于木板纹路不一致，只能与墙面颜色一致用白漆覆盖；一套布艺沙发是唯一像样的家具。给人影响最深的是客厅东墙正中悬挂的一幅放大了的彩色全家福照片，那是裘志新脑梗后照的，在姹紫嫣红的县城公园里，他与夫人坐在草坪正中被三个女儿、女婿和他们的孩子们簇拥着，家人们笑得非常灿烂，唯裴志新脸上毫无表情，眼神滞呆，双唇紧闭，显露病态之状。这样的照片几乎家家都有，但对裴志新家人而言，似乎是一件极为珍贵的传世之宝。裴志新成年累月忙于工作，加之北育南繁长期在外，鲜有时间陪家人外出休闲，这次孩子们趁其有病硬鼓着搀扶他一起去县城公园合影，目的是万一发生不测情况时也能给家人留个念想。令人惋惜的是，此时的裴志新连喜悦之情也难以表达。即便如此，今后是否有如此机缘还很难说，故此照成了全家人的稀罕之物，挂在客厅最醒目处，贤妻李凤香天天将其擦得一尘不染。西墙上挂了一幅宁夏著名书法家吴善璋为他敬录的毛主席词《清平乐·六盘山》，字体遒劲有力，装裱典雅精致，给这个家增添了生气。裴志新平静地躺在卧室木板床上，双手伸出被子交叉放在胸前，两眼紧闭着，身体更消瘦了。我俯在他耳边轻轻叫唤他的名字，但裴志新毫无反应；我又将一盆娇艳欲滴、芬芳四溢、枝繁叶茂的蝴蝶兰端到他面前晃动，他依然眼皮未动；我只好用手推了推他的身肢，仍无任何知觉。他的妻子李凤香站在一旁心疼地说："你不要折腾了，脑子的病使他完全失去了知觉，已没有反应和说话能力了。"

这次探视，使我无限伤感，加重了对他病情的担忧。裴志新，这个叱咤小麦领域的风云人物，勇攀育种高峰的无畏壮士，一身打赢过无数小麦生命科学硬仗，当选过全国人大代表、党的十七大代表，获得过自治区塞上英才奖、全国农业劳动模范、全国优秀共产党员、新中国最美奋斗者等诸多殊荣，被媒体誉为"南有袁隆平北有裴志新"的国宝级小麦育种专家，如今却静静躺在病床上，无法睁眼、无法言语、一切皆无反应，让我动容，让我感慨，更让我难以接受，我不由得老泪纵横……

裴志新毕生追求卓越，为麦地增产、麦农增收操碎了心，倾尽了全部智慧和精力。他曾对我说："随着城市化快速发展，人地矛盾进一步突显，农民增产难度不断加大，国家粮食安全更让人揪心，如何下功夫培育出大地亩产超 600 公斤，规范种植亩产愈 800 公斤，试验地亩产达 1000 公斤的超级麦，是我最大的心愿，我还要倍加努力拼搏下去……"每位个体生命的内心都有不可提及的痛，在因病终止返聘时，裴志新对弟子们感叹："人生最大的不幸并非人还在钱没了，也不是人走了钱没花完。而是人不行了，但自己毕生追求的奋斗目标尚未达成。眼睁睁看着梦想一步步离我而去，但大脑中枢神经又不断下达去奋力博取的指令，而此时自己手脚似乎被全部捆绑住了，任凭怎么使劲也挣脱不开，犹如一个不会游泳的人掉入水中似的，越挣扎下沉的速度反而越快，自己完全无力把控，真是心如刀割，悲哀之极，痛苦不已啊！"此话表达了他一生的宏愿与不懈追求。超级麦成了裴志新心中永恒的伤痛和平生最大的憾事。

裴志新是个睿智之人，在四十年育种路上，历经千帆、渡越劫波，长期超负荷工作使身体频频亮起红灯。他深知自己病情发展，早已预料到今后要面对什么、承受什么的充分思想准备。因此，他在病床上没有悲凄呻吟，也无痛苦不堪的表情，只是毫无知觉的默默昏睡着。

也许，上苍用这种特殊方式让他偿还平生所欠妻子与孩子们的陪伴与情感之债！

也许，命运唆使他以此回避做年轻人进步的天花板，让后生们有机会去实现各自的人生抱负！

也许，他的脑细胞损伤太多，确实需要静养修复！

也许，他在昏睡中正做着超级麦培育成功的美梦。梦中的他伫立在一望无垠的超级麦地里，四周被无数金杆、金叶和沉甸甸的金穗包围着，田埂上麦农们开着小型收割机嬉笑着向他驰来，裘志新喜出望外、伸开双臂奔跑着迎上前去……

真没想到，不到一年，裘志新的病情有了如此好转。我惊喜交加、兴奋若狂，急不可耐的给众友群发："裘志新病情大有好转"的信息，让大家尽快分享这一喜讯，毕竟众友人已担忧了四年之久，且随着时间推移，人们对他昏迷四年的病况更加揪心了。

但世事难料，喜极悲来。我刚兴奋了两天，12 月 20 号下午 4 点半，裘志新的得意门生、同所的高级农艺师李前荣突然发来微信："恩师于今天上午 9 点 20 分在家平静离世"。我阅后整个人懵了，"天哪，这怎么可能呢？"我揉揉眼又看了两遍，没错，是前荣发来的。我还是不敢相信，便迅速拨通了他的电话，才确信了这一噩耗。当晚 6 点 12 分，裘志新的小女婿贺万平也发来信息，再次证实了这一哀讯，并通知我 12 月 23 日在银川殡仪馆举行遗体告别仪式。人们常说好人一生平安，面对这一悲剧，我不由在内心疾呼："苍天啊，你为何不怜悯这位历尽磨难矢志不移，为守住国家粮食安全底线，栉风沐雨育成以宁春 4 号为代表的春麦系列良种，将大地小麦平均亩产从二百多公斤提高到四百多公斤，最高达 666.5 公斤的育种斗士？你为何要让这位最不该走的人提前走了呢，他享年还不到全国的平均年龄，超级麦的重任还等着他去破解呢？你为何要折腾这位一生为善、心念众生，情操高尚的黎民饭碗守护神，先是患大脑智障逼迫他离开钟爱的麦地，后又脑梗引发阿尔兹海默症，使他失去思维和表达能力，两天前家人还说病情大有好转，如今却撒手人寰呢？"天理何在？公道谁定？我凝视着繁星满天的浩瀚苍穹，无法释怀！

　　当晚八时许，前荣又来电话，在长时间的铃声中，我企盼奇迹发生，毕竟他失去知觉四年还曾经醒来过。但前荣却讲了恩师后事处理的一些想法来征求我意见，并请我写一幅能概括裘志新一生的挽联，在告别仪式上用。顿时，裘志新在这块黄土地上的奋斗历程像电影一样在我脑海中回放，经与前荣斟酌，敲定了如下挽联：左联，四十载栉风沐雨宁春4号铸就世界穿梭育种新典范；右联，半世纪耕耘不辍永良系列造福麦农无愧最美奋斗者；上联，江南多俊杰塞上一麦翁。写完已近子夜，虽较困顿，但释放了我积压满腔的悲痛之情，表达了我对插友裘志新的缅怀之意，内心平静多了。我年逾古稀，到了对生死看得十分通透的年龄。我深深感悟到：生命是一场单程的旅行，没有回程票，生是偶然，死系必然效果。每人自出生始，便进入了生命倒计时，无法逆转；人的生命过程又如山间或洞窟中的回声效应，你怎么呼唤和对待它，便会产生怎么样的回音，且分贝更高了，峰峦对峙间或洞窟内外还会余音缭绕、久久不息，犹如有的人死了，但他却还活着，有的人活着，其实已经死了。裘志新属于前者，他永远活在人们心中，值得天下苍生怀念。

诀别麦翁

2021 年 12 月 23 日清晨，位于银川市西南郊的殡仪馆沉浸在庄严肃穆的气氛中，苍天低垂，寒风萧瑟，哀乐凄迴，缟素绕檐。按政府丧事简办的抗疫要求，裘志新病逝未发讣告，但获悉的各界人士仍顶着寒风，从四面八方赶来送这位新中国最美奋斗者最后一程。人们身着素装，胸佩白花，怀着沉痛心情，步入悼唁大厅。

悼唁厅内，裘志新的遗像竖立在大厅祭奠台中间位置，两侧黑底白字缎带上孩子们写有"孝子不知红日落，思念永随白云飞"的挽言。主持台两边与上部用黑底黄字灯带打着我拟的挽联。台下两侧摆满了自治区、银川市、永宁县有关领导、党政部门、相关单位及亲朋好友送的花圈和挽幛，由于数量众多只好排放至悼唁厅外东西两侧墙前。受宁春 4 号之益的内蒙古、甘肃等外省（自治区）相关政府和麦农也送了花圈，有的直接派人前来悼唁。

主持台下右边还立有长长的挽诗（词）竖屏，其中同为杭州支宁知青、九届宁夏政协主席项宗西挽诗：噩耗飞来泪雨倾，长河紫塞放悲声。只为黎庶岁丰稔，岂惜平生血汗耕。麦浪万顷仓廪实，沧桑七秩家国情。九泉可免饥馑苦，今有裘公驾鹤行。同为杭州支宁知青、曾任中共永宁县委书记吴宣文悼诗：谁怜日暮炊烟里，最耐思量是饭香，良种留尘西驾鹤，麦农尤念永宁郎。

主持台 LED 银幕上轮返播放着裘志新同志生前的工作照片，大部分是他站在田间，或给麦花授粉，或在测量麦穗尺寸，或拿着笔记本在记录麦子的生长信息；有戴草帽的，也有脖子上系着白色毛巾的，更有汗流满面的；有日出时照的，也有在中午剧烈的太阳暴晒中留下的，更有在夕阳西下晚霞映红贺兰山巅时逆光摄的；有在宁夏育种的，也有在云南、海南繁育的，更有在陕、甘、青、新、桂等地做推广工作的；既有白天在大地耕耘的，也有夜间在显微镜下忙活的，还有在云南元谋繁育时租住农家破旧小屋中艰苦度日的。照片中的裴志新是那么的年轻，那么的精干，那么的富有生气，对工作又是那么专注，他视小麦宛如己出的心尖闺女，含在嘴中怕花了，抱在手里怕摔了，一辈子不离不弃，爱怜有加，直至为它们选择对象，操心优生优育，还无怨无悔帮她们精心看护后代并倾己所有抚育它们成长。"一个人、一辈子、做好一件事就不简单。"此话是裴志新生前经常对自己的学生和弟子们讲的，他用尽一生诠释了这句话的内涵与意境。

告别仪式开始前，工作人员把躺着裴志新遗体的灵车推到围满盆花翠柏的悼唁厅正中。他上身盖着鲜红的中国共产党党旗，下半身被子外放满了盛开的素净百合和翠枝，头戴黑呢子前进帽，经化妆师整容后的脸部略显光泽，但凹陷的双颊仍让人感到其身体更消瘦了。他四十年专注麦穗的慧眼再也无法睁开了，紧闭的双唇让人痛感其对事业和亲友的不舍。我趁仪式未开始挤出与会人群，跑到裴志新遗体前，仔细端详了他的遗容，并快速拍下了他最后的瞬间。本想从不同角度多拍一些，但面如冰霜的殡仪馆女主持人不允许，我颇为遗憾。

上午九时，告别仪式开始。九届宁夏政协主席项宗西、副主席袁汉民与自治区、银川市、永宁县相关领导及亲友一百余人出席。

在悲凄的哀乐声中，大家向裴志新遗体行三鞠躬大礼。裴志新单位上级主管部门领导介绍了他的生平，专程从外地赶来的杭州知青诸连法代表生前好友讲话，裴志新长女裴虹痛不欲生、满含热泪、在几度哽咽中做了答谢词。然后，项宗西、袁汉民等领导及与会人员依次向裴志新同志做最后诀别，向其家属表示亲切慰问。许多同志潸然泪下，站在裴志新遗体前久久不忍离去。是啊！几十年来，大家围绕把中国人的饭碗牢牢端在自己手中这个大目标走到了一起，风雨相拥砥砺前行，如今裴志新溘然长逝，且走得那么急，那么远，又那么令人不舍，从此阴阳两隔，天地各一，怎不让人愁肠百结、痛心疾首呢！

大地回声

裴志新同志病逝，引发了社会各界很大反响，彰显了人民群众崇尚英模，学习英模，呼唤英模，争当英模，为实现第二个百年目标接力赓续的时代强音。

2021 年 12 月 22 日，中共宁夏同回族自治区党委常委、组织部长石岱代表自治区党委和政府，专程赴永宁裴志新家中悼唁；中共中央宣传部也来电表示慰问，给了家属和当年支宁的杭州知青极大的慰藉。

有关媒体更是适时做了大量图文并茂的宣传报道。

宁夏广播电视总台在裴志新病逝后，调整了正常播出的节目，在黄金时段，重新播放了他的先进事迹。

2021年12月22日，银川新闻传媒集团旗下的纸质媒体刊发："裘志新走了，但他的精神撒播在宁夏大地上"的悼文。

同日，《网易新闻》发文："缅怀，全国最美奋斗者、小麦育种专家裘志新逝世"。《宁夏新闻网》刊文："痛悼！宁夏小麦育种专家裘志新逝世"。《宁夏深度》发文："南有袁隆平，北有裘志新，扎根宁夏56载的裘老逝世"。

12月23日，《杭十新闻》发文："这位在宁夏干了56年的'杭州农民'去世了，他曾和袁隆平一起获评全国最美奋斗者"。

12月24日，《杭州日报》发文："一生只为良种来"。

12月25日，《杭十新闻》又发文："40年前的良种小麦是怎么育成的？与裘志新一起搞研发的前同事告诉了我们这些细节……"

12月26日，人民日报新媒体平台《人民号》发文："新中国最美奋斗者，杭州知青裘志新在滚滚麦浪中永生"。

12月27日，《凤凰网浙江教育》发文："到最艰苦的地方去，到祖国最需要的地方去！"

12月28日，《杭州日报》再次发文："裘志新事迹在杭州引起强烈反响——裘老走了，但每个种粮人都会记得他"。

同日，《科技日报》发文："一生只为育种痴狂，麦浪滚滚，他却永远缺席了"和"他一生诠释了两种精神"。《宁夏学习平台》发文："他长眠在第二故乡，遥望滚滚麦浪一追忆小麦育种专家、宁夏永宁县育种繁殖所原所长裘志新"。

……

尤令人动容的是裘志新母校—杭州六中的学生们，获悉学长裘志新的先进事迹与噩耗后，犹如爆炸了一枚精神原子弹，给大家极大的震撼。学校开展了"学习裘志新，争做奋斗者"活动，宛如冬日里一股暖流，温暖了全体师生的心灵。榜样的力量是无穷的，他是有形的正能量教育。为将这一学习活动开展得更为生动有效，学校特意邀请裘志新当年同学、浙江大学法学硕士、浙江科技学院教授、曾荣获党中央颁发的"光荣在党五十年"纪念章的唐思鲁与杭六中退休教师赵国权和柴惠尔回校给师生们讲述裘志新的故事，办了裘志新事迹专栏。师生们一致表示，要将裘志新事迹作为学校的宝贵精神财富永远传承下去，让宁春4号在杭六中生根、发芽、开花、结果。不少同学来到裘志新当年上学时的教室所在地（当年的教室已拆除新建）瞻仰，表达自己的缅怀之情……杭州六中是值得点赞的，他们当年的教育理念和方法，为宁夏、为民族、为国家造就了一位矢志不移造福黎民的国内外知名小麦育种专家打下了坚实基础。尤其是当年的校领导敢冒政治风险，在裘志新临行宁夏前破例解决了他申请三年未果的入团问题，拓展了其今后成长的政治空间。今天，他们依然坚持教书育人的教育终极目标，给年轻学子树立了一位有血有肉的奋斗者榜样，为全校师生上了一堂灵魂洗礼课，为培育德智体美劳全面发展，中国特色的社会主义事业接班人和新时代教育制度改革做了表率，树立了标杆。其理念和做法同样值得赞誉。往往看得见摸得着的传统教育方法，才是最有效的。

除主流媒体外，各界人士还自发在自媒体或博客上纷纷发表悼唁或缅怀诗文。

与裘志新共事十年，一起育成宁春4号，后为解决夫妻分居而调至杭州农科部门的徐培培在《杭宁知青》微信平台上发文："裘志新四十年如一日对宁春4号提纯复壮和推广，向广大麦农供应原种，日复一日，年复一年，坚持不懈，把良种作用发挥到极致，一般人很难做到。他低调做人，不求名利，生活简朴，住房也十分简陋，娶一个宁夏媳妇，安心扎根永宁，心灵纯粹高尚，在世风衰微、杂议纷乱的社会转型期，鲜有这样的人，值得我们每一个人尊敬。"

1965 年支宁杭州知青的带队老师、已八十五岁高龄的陈维新同志感慨万千地写道："难忘那趟载着裘志新的西行专列，裘志新有幸到了永宁，永宁有幸来了裘志新。裘志新啊！永远铭记着您！"

原杭州支宁知青、浙江出版集团原副总裁杨仁山悼唁裘志新诗：

志新求志天地新，

一粒良种付平生。

浪迹天涯心路宽，

广阔天地献苍生。

银川市人大常委会原副主任杨波于 12 月 22 日发长诗悼念：

一

咣当，

咣当，

一辆西行的列车，

开出了天堂般的余杭。

一个刚满 18 岁的青年，

告别了自己的家乡。

你来了，

提着那只旧皮箱。

你来了，

操着一口南方腔。

那是个热血的年代，

人人都激情昂扬。

你怀揣一颗红心，

来到了祖国最需要的地方。

西湖边长大的嘎子，

第一次见到了红高粱。

二

谁也没想到，

你爱上了这个穷地方。

谁也没想到，

你爱上了这里的姑娘。

回城的风刮得很紧，

吹进了知青的土坯房。

他回他的城，

永宁成了你永远的第二故乡。

你爱这里的黄河，

你爱这里的村庄。

你爱这里的土地，

你爱这里的阳光。

三

谁也没想到，

你爱上育种这一行。

谁也没想到，

你求知的欲望是那么强。

专业素养不够，

你到处寻访专家、师长。

实践出真知，

黄土地是你最好的课堂。

有了好种子，

才能多打粮。

追梦的步伐，

总是那么匆匆忙忙。

你视种子为生命，

睡不好也吃不香。

日赶麻雀夜防鼠，

旱了，佝偻着身躯担水灌秧，

涝了，不顾病体跳入泥汤将积水排光，

还开创"剪颖授粉"新方，

精选籽粒单收单打，

你就是种子的亲爹亲娘。

你不离不弃，

麦地里写满爱的华章。

功夫不负有心人，

宁春 4 号迎来了曙光。

人们奔走相告，

喜讯翻越了高山大江。

种子会飞，

像长了翅膀，

飞过内蒙、甘肃，

穿越青海、新疆…

种子像风又像云，

飘向异国他乡。

金发碧眼的老外们，

尝着大列巴的甜香。

四

你走了，

走得有些匆忙。

你走了，

带着泥土的芳香。

你走了，

留下种子的力量，

生根发芽开花结果，

遍及北国南疆。

放眼看吧，

看黄河长江，

看滚滚麦浪，

满目金黄，

炊烟中飘来白面馍馍的芳香，

这是你留给黄土地永久的念想！

裘志新走了，他一生勇毅奋进高情远致的脚步，诠释了人活着究竟为了什么？这个看似简单，却又人人难以回避，须用一生来诠释的生命之问！送别裘志新的当晚，我辗转难眠，写下了《送志新》：

一

日日耕耘志不休，

夜夜心系苍生痛。

炎炎烈日何所惧，

漫漫长途终圆梦。

二

缕缕青烟绘长空，

滴滴殇泪凝彩虹。

粒粒良种慰忠魂，

岁岁农人念裘翁。

一位终身在黄土地耕耘的老人病逝，引来如此长时间、广角度、多阶层的社会关注，是宁夏历史上从来没有的，在全国也是罕见的。

裘志新逝后三七那天上午，我专程去位于银川市南郊的裘志新墓地祭奠。这天，天气阴沉，雾霾弥漫大地，空气中充斥着沙尘，公墓内人迹稀少，像火车座椅排列的墓群更显苍凉，给人一派萧瑟、沉寂、凝重、憋屈之感。由于他葬在平民公墓，设施简陋，没有明显的分区标识，我转了好一会也没找见，后在工作人员陪同下七转八拐才到达。墓系双穴，黑色墓碑左侧写着慈父裘志新之墓，另一半是留给岁月缱绻的贤妻。生未常衾死同穴，是裘志新梦寐以求的。

本是民来归民去。裘志新的后事办得与其生前作风一样，低调、俭朴、无一丝奢华之感。以他的社会贡献度和声誉，本可以安葬在名人墓园，不仅墓地大，装饰标准高，价格优惠，且能流芳后世，也彰显了死者生前的社会地位。但他早已选择了最普通的平民公墓，与百姓葬在一起。一个双穴墓占地约2平方米，装饰标准与四周墓地毫无二致，充分展示了他一生的价值取向，也为他壮美的生命之歌谱上了最后一个音符。这就是裘志新！

麦翁已去，世上再无裘志新！

第二章　玉汝于成

两千多年前，先贤孟子断言："天将降大任于斯人也，必先苦其心志，劳其筋骨，饿其体肤，空乏其身，行拂乱其所为，所以动心忍性，曾益其所不能。"千百年来，中华史册上，大凡成功之士均循此道而来。裴志新成长、成才、成功，也印证了这一人生规律。

"三好生"高考落榜

裴志新原名裴迪森，1947 年 8 月出生在浙江省杭州市一个殷实家庭，家里六个子女中排行老四。

杭州不仅是一座历史文化名城，更是一个经济颇为发达的商业都会。自古以来才俊如云、精英辈出、山水秀丽、风光壮美，宋代柳永有诗为证："东南形胜，三吴都会，钱塘自古繁华，烟柳画桥，风帘翠幕，参差十万人家。云树绕人家，怒涛卷霜雪，天堑无涯。市列珠玑，户盈罗绮，竞豪奢。"（柳永《望海潮·东南形胜》）从近代的张小泉、胡雪岩、方寿祖、汪裕泰、都锦生、孔凤春、毛源昌等巨贾到改革开放后涌现的数百万浙商（社会主义市场经济体制确立初期，浙江平均每八个创业适龄人员中就有一位老板），崇尚商业文明是一脉相承的，由此推动了地方经济社会发展。裘志新祖辈早年在商海搏击，积累一些资本后，开办了企业，创造了就业，今天看来，这一有利于桑梓的举动，却在社会大变革后换来了一顶资本家帽子，在极"左"思潮影响下曾压得裘志新抬不起头来。

1962年夏天，15岁的裘志新中考，以全校第一名成绩考入杭州六中读高中。班主任见他学习好，人又踏实，便让他担任班里的学习委员。裘志新深知打铁先得自身硬，万紫千红才是春，学习委员的重要职责是把全班同学的学习成绩促上去。对此，须以身作则，使大家学有榜样，赶有目标，调动同学们的学习兴趣和积极性。于是他更加勤奋好学，刻苦钻研，每学期考试总分均为全班第一。有一次，数学考了97分，他却认为没有考好，羞得抬不起头来。在班里，裘志新有个外号叫"小老虎"，虽然身材瘦小，皮肤黝黑，但干任何事均追求至善至美，唯恐落于人后。有一年秋天，学校组织下乡劳动割水稻，他与同学们开展劳动竞赛，骄阳胜似火，汗滴禾下土，蚊虫成群，身痒难受，但他一下田咬紧牙关就是不直腰，尿急了也憋着，直至取得第一名才上了田埂。由于他品学兼优，年年被学校评为三好学生。1965年夏天，他参加高考，成绩名列全校前茅，但由于家庭出身原因，无奈落榜了。

此事给年方十八岁的裘志新极大的心灵打击。他躺在床上，痛苦万分，多日羞于出门，母亲把饭送到床头也不吃。这种痛是蚀骨之痛，剜心之痛，非亲身经历是很难体会的。是啊，从众人追捧的优等生一夜沦为无所事事的社会无业青年，落差之大实非一般年轻人能承受，对满腔抱负不甘平庸的裘志新尤其如此。他想得很多，也想得很远，越想越让他愁思难解：班里约三分之一的同学榜上有名，而自己系全校有名的优等生却落榜了，以后有何面目见老师和同学呢？这还是次要的，最根本的是家庭出身这条鸿沟无法填平，更无力跨越。他清楚知道自己不是成绩未考好落榜（每课考试都提前交卷，核对标准答案正确率达百分之九十以上），关键是资本家出身的身份将他挡在了大学门外。他越想越觉得前途渺茫，不时长叹短嘘，整个家笼罩在阴霾之中。

可怜天下父母心。裘志新爹妈是明白人，心里十分清楚，是自己这个家连累了他，老人深感对不起孩子。尽管儿子吃不进、喝不下，母亲还是照例做好他喜欢的饭菜送到床头。在厂里从事技术工作的父亲更是请了假，骑了一辆破旧自行车，冒着酷暑汗流浃背找遍了亲朋好友，低三下四求爷爷告奶奶好不容易找了一份出苦力的临时工作。知子莫如父。老爹明白，儿子是个要强之人，这次受的打击实在太大了，十二年寒窗苦读全都付诸东流，但如果继续这样消沉下去，他会病倒的。心病还需心来治，若有一份工作，一天有事做，心思就分散了，有望迈过这道坎。当老人喜出望外将这一消息告诉儿子时，裘志新却无动于衷。两老用近乎哀求的口吻希望他振作起来准备上班去。但裘志新只朝父母挥了挥手又背过身去了。他清楚这绝不是长久之计，只是混天度日，临时工、临时工、临时有事来打工，人一旦失去可追求的目标，内心更加痛苦。

天无绝人之路。一天晚上，有位多年来始终器重他的老师前来看望。裘志新再也难以自己，不禁潸然泪下，哽咽不已，憋了多日的泪水顺腮而下……老师一边给他擦泪，一边悄悄地向他透露了这次高考的成绩和本人早已预料到的落榜原因，并告诉他杭州市政府正在组织应届高、初中毕业生赴宁夏上山下乡集体插队的消息，且有老师带队，家具、灶具、铺盖、棉衣棉裤由国家统一解决，还说报名的大多是因家庭出生原因而落榜的应届毕业生，这或许是条出路，同样的家庭条件，可在同一起跑线上竞争，就是路太远，生活太苦了。当时，政府的公信力是相当大的，只要政府号召的事社会都积极响应，裘志新也不例外，尤其这次是集体插队，有组织管理，裘志新听了十分兴奋。"是嘛？这太好了，年轻人吃点苦怕什么，我只盼有个公平竞争的环境，能给社会底层的年轻人开辟一条上进通道，让我们看到人生的希望，便心满意足了，其他都不重要。您真是雪中送炭，给我带来了这么好的消息。"裘志新霎时精神头上来了，他擦净了泪痕，问清了需办的手续和大概动身日期，并坚决表示自己去宁夏。送走老师，他像换了个人似的，一边哼着《到农村去，到边疆去，到祖国最需的地方去》的曲调，一边盛了满满一大碗冷饭，泡了开水，就着榨菜，三下五除二扒拉干净了，并用自来水冲了澡，搓尽了身上的污垢，换了一身衣服，精神焕发地找来了学过的自然、地理、语文、历史等课本和相关书籍，在饭桌上温习起来，开始做赴宁夏需要的相关知识储备。

当晚，裘志新难以入眠。他知晓，此去宁夏是一辈子的事，非学校组织的下乡劳动再苦再累就十几天，要做好终身在大西北艰苦奋斗的思想准备，决不能当逃兵。他认为，宝剑锋从磨砺出，梅花香自苦寒来，自古英雄多磨难，司马迁身受宫刑，蒙受大辱，历尽艰辛，仍发愤写完了名垂千古的辉煌巨著《史记》；贝多芬十七岁患天花、伤寒，二十六岁失聪，但他发誓要扼住生命的咽喉，在与命运顽强搏斗中，没有被逆境吓倒，终成为享誉世界的音乐大师。宁夏虽然生活艰苦，自然环境恶劣，又与杭州相隔数千里，无亲无故，人生地不熟，这不正是上天赐予修炼自己的机会吗！面对城市就业和农副产品供应的困境，他又进一步想，民以食为天，吃饭是天下最大的事，农业是一个民族和国家最重要的产业，是国民经济的基础，基础不牢大厦必倒。任何时候农业不可能调整弱化只会充实加强，农民也不可能精减失业只会不断提高劳动者素质，这是国家促进经济社会发展的必然趋势。显然，农业是个可从长计议的产业，农民永远是一个朝阳职业。当时，全国尚未开展大规模的上山下乡运动，由于农村生活艰苦，农活辛劳熬人，少有读书人愿意终生耕耘的，这等于给自己开辟了一条成长通道，像我这样家庭出身的人只能从别人不想干、不能干、不敢干的职业中去寻找出路，既可磨炼意志，也多了一份成功机会，何乐而不为。有志者事竟成，从来没有救世主，只要自己经得起磨难，认准方向锲而不舍往前走，命运总能改变的。裴志新想透彻了：宁夏，我去定了！

儿大不由娘。正当裴志新精神焕发做下乡各种准备时，两老却陷入了深深的愁思与焦虑中……

"偷"户口（本）报名下乡

原来，两老听见了儿子与老师的谈话。他们坚决不同意裴志新去宁夏，为防万一，老爹示意老妈将户口、粮本藏了起来，阻止儿子的去路，断了裴志新到宁夏下乡插队的念头。

　　哪有父母不盼孩子好的呢？裴志新父母反对儿子去宁夏是有原因的：1959—1961年，约十万浙江优秀儿女响应政府号召赴大西北支援宁夏社会主义建设。但由于去不逢时，正赶上三年困难的低标准时期，在生活艰辛和政治折腾双重压力下，浙江支宁人员待不下去了，纷纷往老家跑，不长时间以各种方式跑回浙江的约有八万多人，有人还借此编了顺口溜，贬损宁夏是"风吹石头跑，地上不长草，种下葫芦收一瓢，肚子饿得咕咕叫。"这部特殊年代的支宁史，成为上了年纪浙江人心中抹不去的伤痕，一度到了谈宁（夏）色变的地步。

　　这段历史也影响了父母对宁夏的看法，老爹明确表示，你干啥都行，到那儿也可以，就是不能去宁夏！听着父亲决绝的话语和不屑一顾的眼神，倔强的裴志新巴眨着一双小眼，怼了老人家一句："浙江在三年困难时期不也是红薯、红薯粉、红薯干当饭吃吗？时代不同了，如今宁夏人民的生活也肯定比那时好了。事物都有两面性，即便宁夏比浙江条件差，但落后地区往往缺人才，缺文化，利于有文化的年轻人成长，况且去宁夏的知青政治条件基本差不多，宜于公平竞争，容易让人生出彩。反观浙江，人才济济，哪有我们的发展空间，我是下决心去宁夏了。"

　　素来温淑贤惠心疼儿子的母亲看着父子俩针尖对麦芒，你一句，我一句，互不相让，急得反复用一只手的掌背敲着另一只手的掌心，皱眉叹息，坐立不安，心烦不已，无可奈何地说："行了，行了，都少说两句，这样吵下去也解决不了问题，不如让老四自己再好好想一想，想明白了，让他自己决定，孩子十八岁了，该自己掌事了，我们也管不了他一辈子啊！"

　　但父子俩仍不消停，你说一句，我怼一句，争得面红耳赤，嗓门越吵越大，惹得邻居也来看热闹，老妈羞得把大门关上了。

　　"你若去宁夏，今后再不要跨进我裘家门！"老爹说不过儿子只能拉下脸作了最后通牒。父子相争不欢而散。

　　裘志新是个认准的事九头牛也拉不回的犟小子，父亲越阻拦，他反倒越上劲。

　　第二天，趁父母上班不在家，裘志新一不做二不休立马去学校报了名，并填了相关表格，开了迁移户籍和粮油关系的证明，只剩去派出所迁户口和到粮食部门转移粮油关系了。回到家，裘志新翻箱倒柜就是找不到户口和购粮本（那个年代，家里没啥值钱东西，箱柜不上锁）。他坐在床沿上巴眨着眼四处扫射、费劲琢磨，心想，肯定是父母把户口与粮本藏起来了，也许放在最不起眼的地方，今晚看看老妈表情，侦察一下，明天再说。

　　傍晚，母亲下班回来做饭，她在床下米缸臼米时先捡出一截红毛线，臼完米又将这根毛线放回米缸内。这细小的动作没逃过裘志新假装眯住的眼睛，他断定户口、粮本一定藏在米缸中。

　　次日早饭后，待两位老人上班、兄弟姐妹外出之机，他快步走到父母床前，撩起床单，移出米缸，挽起袖子，使劲将手插入缸底，终于找到了户口与粮本。他喜出望外，立即跑到派出所迁户口。当年，派出所的干警少，来办事的居民排起了长队。轮上他了，裘志新拿出学校发的准迁证明，要求将自己的户口迁到宁夏永宁县。前来办事的居民听后都朝他投来惊诧的目光。户籍警问："你父母同意吗？迁出去容易，迁回来可就难啦，你要想清楚。"裘志新挨住剧烈跳动的胸膛，结结巴巴地说："父、父母不同意，我能拿到户口本吗？您快办吧，我全想清楚了。"裴志新迁完户口又到粮食部门转走了粮油关系，出了粮食部门，裴志新长长呼了一口气，长这么大好不容易自己做了回主，内心十分激动，突然觉得天是那么蓝，云是那么白，太阳是那么耀眼，庆幸自己的人生开启了新的一页。他觉得应抓紧做好去宁夏的各项准备，便在街边小摊吃了碗面，买了本厚厚的笔记本，步行到市图书馆挑了厚厚一叠有关农业和大西北及宁夏地理与史籍等书刊资料，边看边摘录相关知识，直写到手脚发麻抬不起来，图书馆打烊管理员催赶，才往家走。

谁知家中一场暴风雨正等着他呢！母亲系三班倒，白班下班早，她回到家移出米缸准备臼米做饭，下意识先瞅了一眼缸内，感觉红毛线放的位置不对，便急忙伸手摸到缸底，发现户口、粮本全没了，急得她满头冒汗，又不便向孩子们解释，于是就慌慌张张跑到巷口，用日杂店的电话通知上常白班的老头子赶快回来处理。

裴志新刚到家门口，只听父亲吼着斥责母亲："让你把户口、粮本藏好，藏好，你却马马虎虎，这回好了，被小兔崽子'偷'走了，祸闯大了！看你怎么办？""谁知他那么能翻，要飞的鸟谁也挡不住，能怪我吗！"母亲委屈地申辩说。解铃还须系铃人，不能让老妈受委屈。听到这里，裴志新大步跨进家门，将户口与粮本朝父亲手中一甩说："不要怨姆妈，户口、粮本是我拿的，有火朝我发，我已十八岁了，我的命运自己做主，再不用你们操心了。"裴志新是家中六个孩子里学习成绩最好的，爹妈对他寄托着莫大希望。当父亲翻开户口与粮本，见儿子的户口已经迁走，粮油关系也转走了，气得嘴唇发抖，脸色铁青，一屁股跌坐到椅子上："好！好啊！你长大了，翅膀硬了，可以不顾父母感受了，要飞了，但你记住，自己做的事将来不要后悔。"话音未落，父亲已泪流满面，一甩门，颤颤巍巍又继续赶回厂子上班去了。母亲心疼万分地说："你爸是为你好，这么大的事就自己做主了，人生没有后悔药啊！前儿年多少支宁人员都饿得逃了回来，你这又是何苦呢！"

"妈，你放心，好马不吃回头草，不混出个人样，我是不会回来的。"裘志新充满自信地说。母亲热泪盈眶心疼万分地看了他一眼，抽泣着说："你虽然成年了，但社会阅历少，人生如棋局，棋下错一步，满盘皆输啊！你这个爱冲动的性格，会毁了你一辈子。到宁夏插队比不得在学校时的下乡劳动，十几天就回来了，这将是影响你终身的大事。大西北风沙遮日、旷野千里，去了，就要一辈子待在那个穷地方，你能吃得了这份苦，受得了这份罪吗？""妈，男儿立志出乡关，学不成名誓不还，埋骨何须桑梓地，人生无处不青山。这是小时候您教我背的古诗，说得多好啊！我已做好了一辈子在宁夏务农的思想准备，事在人为，我绝不当逃兵。""妈理解你的抱负，但妈心疼你啊！儿子！"母亲绝望地说。

木已成舟，再吵也毫无意义。慈祥的二老只能为他收拾行装，一边收拾，一边抹泪，儿行千里母担忧，母亲几乎是痛不欲生。是啊！从小到大，宝贝儿子从未离开过杭州，这次远行大西北的荒漠戈壁，他能挺得住吗？还能回得来吗？

9月6日的晚餐，家中弥漫着一种恋恋不舍的惜别气氛。母亲做了许多菜，全家人围坐在一起，兄弟姐妹们抢着往志新饭碗中夹好吃的，火暴脾气的父亲难得用温和的语调对裘志新说："我最近心情不好，向你发了几次脾气，爸做得不对，向你道歉。但爸真的是疼你、爱你，不愿眼睁睁看着你去宁夏受苦，希望你理解，千万别搁在心上，父子没有隔夜仇啊！"说着，说着，老父又哽咽起来。裘志新望着银发苍苍、满脸皱纹、身趋佝偻、气色日衰的父亲，也不禁热泪盈眶，赶忙掏出手绢替老爹擦干了泪痕，动情地说："爸，我知道您是为我好，我也不该怼您，望您老原谅。古话说，志不强智不达，书读得再好也没用。天行健，君子以自强不息；地势坤，君子以厚德载物。有些路很远很险，走下去会很苦很累，但你不走可能会后悔终生。我是想找一个能长期奋斗的平台，从社会最底层做起，着眼长远，不做浅尝辄止的事。我深信，人在做，天在看，苍天不负有心人。筚路蓝缕以启山林，这辈子总有'长风破浪会有时，直挂云帆济沧海'的一天。年轻不玩命，将来命玩你，我一定在宁夏好好干，决不让二老失望。"父亲听了，颇觉振奋和欣慰，深感儿子长大了，且志存高远，非一般年轻人能及，心情也好多了，接着裘志新的话说："爸也是读书人出身，深知男儿国是家，仗剑走天涯，大道之行天下为公的道理，但轮到自己儿子总觉舍不得，心里这道坎过不去。从今天起，爸收回以前的观点，支持你去宁夏插队，你一定不要辜负我和你妈的希望，让人生出彩，给我们裘家争气，也为你的兄弟姐妹们做一个榜样！明天，你兄弟姐妹有的要上班、有的要上学，我和你妈送你，我们已请好了假，祝你一路顺风，平安抵宁，自己保重身体，照顾好自己，早传佳音。"父子俩的隔阂彻底解开了，了却了裘志新的后顾之忧，他可放心上路了。吃完饭，裘志新收拾好行装，早早上床了，但仍听到父母房中传来母亲难以割舍的抽泣声。这一夜，裘志新却睡得很香。

临行前破例入团

裘志新高考落榜还积极报名去宁夏插队的消息，在杭六中引起了不小反响。有老师关切地讲，裘志新作为学校的优等生，在没有录取大学的逆境中，对党不离不弃，依然积极响应政府号召，踏上了到大西北插队的革命征途，真是太感人了，学校应树一个典型，既可体现重在表现政策，又益于他今后成长。校团委领导突然想到，早在1962年裘志新刚入校时就递交了入团申请书，组织上也完成了内查外调的政审工作，就因为家庭出身问题一直未上会，申请书已尘封了三年。经请示校党政领导和上级团委同意，校团委迅速召开了专门会议，决定按特例解决裘志新入团问题。1965年8月21日，离开赴宁夏仅剩十几天时间了，校团委破例和高三年级团组织合署召开已毕业离校的团员大会，专门讨论并通过了裘志新的入团申请，后又安排专人，将批准书放入早已上交政府有关部门的本人档案中。

开完校团委和年级团组织合署举行的入团大会，裘志新激动地对老师和同学们说："谢谢大家在假期专门回校为我的事操心，我永远不会忘记这一天。今后，不管我身在何处都会给母校争脸的。各位请回吧，今天我来打扫教室卫生，恳请大家给我这个新团员一次表现机会，这也是我以杭六中学生身份最后一次值日，一定会把教室打扫得干干净净，给后来的学弟学妹创造一个良好的学习环境。"参会的老师和同学们都予理解，纷纷与裘志新握别。老师们一再告诫他，到宁夏后一定要和在学校时一样，事事追求卓越，处处争创一流，尽快融入当地贫下中农中，当一个有文化有知识的社会主义新农民，千万不要垂头丧气，挺直腰杆往前走，家庭出身是由不得你选择的，怪不了你，是金子总会闪光，一定要为杭六中争脸。送走老师和同学们，裴志新擦净黑板上团员表决投票的字迹，洒水扫地，把课桌椅擦了又擦。但当来到自己曾经坐了三年的座位时，不禁感慨万千，眼睛湿润了。他深知自己的学生时代结束了，命运之神将把他送到那遥远的地方，今后的一切都是未知数，全靠自己努力和把控，等待他的是不尽的挑战和考验，人生的旅程就这样开启了。正当他出神时，忽觉左肩被一只柔软的小手拍了一下，裴志新回头一看，是同年级另一个班自诩为"苏小妹"的数学女神。她是个偏课生，对数学情有独钟，几次数学考试全年级被她夺魁了，为探讨数学中的难题，与裴志新素有来往。由于她家庭出身清白，综合考分也不错，这次高考被录取了。女神黛发似瀑，眼如秋水，着一套白色连衣裙，凸现窈窕曲线，手拎一只双面绣有鸳鸯戏水鹅黄底色的丝质提兜，时髦抢眼。由于她平时孤僻高傲，不太入群，同学们对她敬而远之，两次团支部大会入团通不过，因此今天无资格参会。"你怎么来了？""送你啊，怎么，不欢迎？""女神驾到，有失远迎，失敬、失敬！"裴志新客气地说。"我知道今天专门为你召开入团大会，你肯定在学校，待老师、同学们离开后，我就溜进来了。今日一别，后会无期，我想邀请你去城隍山玩，分手了，说几句心里话，可以吗？"裴志新巴眨了一下眼睛，故意提高嗓门说："女神之请，哪有不去之理。再说，我俩虽然暗暗较劲了三年，但我还是佩服你的数学天赋，同学一场，我也有几句话想对你讲，不说，今后恐难有机会了。""那我们走吧！"女神高兴答道。

城隍山位于西湖东南方向，离杭六中不远，山上有座城隍庙，当地百姓称之为城隍山。因春秋时期此处为吴越争夺之地，故正名称吴山，沿用至今。吴山海拔不到百米，但山势绵亘起伏，树木葱茏，古迹甚多。此山伸入市区，左眺一泻千里的钱塘江，右瞰波光粼粼的西子湖，东、西、北俯视街市巷陌，地理位置很好，山上景点又多，人文底蕴丰厚，是本地人最爱去的地方。吴山素以景秀、石奇、泉清、洞美而名扬天下，山巅有江湖汇观亭，亭前楹联系明代著名文人徐文长所题：八百里湖山，知是何年图画；十万家烟火，尽归此处楼台。北宋大文豪苏东坡曾两度在杭州任职，分别做了三年通判和两年知州，自云"居杭积五年，自忆本杭人"。他任上兴修水利，疏浚西湖，并将疏浚西湖的淤泥修筑了著名的苏堤，并建了六座石桥将堤东西两侧的湖水连通，堤上种有大量垂柳和花卉，开辟了西湖十景之一的六桥烟柳景观。苏轼酷爱饮食文化还传下了东坡肉、东坡肘子等名肴。东坡先生对西湖山水尤其是吴山感情深厚，在《卜算子·感旧》中写道："蜀客到江南，长忆吴山好。吴蜀风流自古同，归去应须早。还与去年人，共藉西湖草。莫惜尊前仔细看，应是容颜老。"道尽了对吴山的倦念之情。女神与裘志新沿着石板铺就的山间小径参拜了城隍庙，游览了子胥祠，观赏了十二生肖石，登上了江湖汇观亭等景点后，来到吴山天风茶楼，选了临窗的二人桌相对而坐。裘志新招呼服务员点茶，女神拦住了："今天是我为你送行，一切我来"。女神要了两杯龙井和奶油五香豆、椒盐花生米等开胃零食，趁茶闷泡时，女神打开提兜，取出一本玫红色缎面8开大型日记本，朝裘志新面前一推，柔声细语说："这是送你的，留作纪念吧！"裘志新打开，发现硬质封面内夹了100元钱（一叠崭新的五元大票，五元是当时面值最高的人民币），即把钱递了回去：
"钱不能要，日记本我收下。""穷家富路，万里旅行以备不测。"
"钱绝对不能要"。见裘志新决绝的态度，女神只好把钱收回放入包
内。当裘志新翻开日记本看到扉页上用隽秀的钢笔正楷书写的一首
诗时，脸霎时红了："《送迪森》同窗三载情似海，较劲争魁夜难
眠。芳菲韶华仰郎才，后遇难题找谁解。悉侬矢志赴塞外，再聚多
是别梦寒。愿兄鹏程展贺兰，天长地久盼君还"。落款是"苏小妹"
惜别相赠。裘志新毕竟是个男人，心虽别扭，但再把日记本退回去
显然是不合适的。他很快调整好心态，笑着说："想不到我们争魁三
年，友谊却越争越深了。""这叫不打不相识，只有交过手的人，才
知对方的长短，方能更好的相处。你知识渊博，事事追求卓越，处
处知行合一，是我最佩服的男生。"女神羞怯地说。"谢谢你的高看，
我远没你说的优秀，只是比别人多读些书罢了。况且我今天的身份
已变成一个塞上农民，处于社会最底层，并决心一辈子在大西北黄
土地刨食为生，前途堪忧、成败难测。我没有丝毫奢望，更不想连
累别人，希望你理解。"裘志新坦然答道。"青山遮不住，毕竟东流
去。我相信凭你深厚的学养、坚韧的学习毅力，不懈奋斗的意志、
脚踏实地的作风和处处追求一流不服输的精神，鲲鹏展翅、鲤鱼跳
龙门只是时间问题，我非鼻子下只看到一张嘴的女生，我俩争魁三
年，已把你琢磨到骨子里，你是那种有大志向却不张扬，并能坚韧
不拔走向成功的男人，外表低调却内涵丰富，貌不惊人却志在云天，
看似一切满不在乎实际上处处追求卓越，我已看到了十年后的你，
赌你十年，还我一个大才子、大英模。那你对我有何评价呢？"女神
随着话意递增，激情四射，爱慕之心溢于言表。女神确有值得骄傲

的资本，看人是那么犀利透彻，说话又如此精准到位，仿佛是长在裘志新肚中的一条蛔虫，不经意间又转移了话题。然而裘志新却越听越害怕，深感其心机之重，眼光之辣非寻常女生能及，即便做一个普通朋友也得处处小心谨慎，随时要经得起她的 x 光射线透视，无任何隐私可言。人往往是聪明反被聪明误，女神犯了一个常识性错误，即不懂得寻常男青年喜欢何种类型的女孩子。对裘志新那样重实、求实、务实的男人尤其如此。社会上鲜有喜欢在女人显微镜下生活的男人，遇上此类女神不把男人吓死，也会把男人累死！"这正是我今天要跟你谈的，你聪明、漂亮，尤其对数学颇有天赋，一般人难以企及。但你有一个致命弱点，过于自恋，孤傲不群，偏课厉害，史书类典籍读得少了些，易犯常识性错误。如，凡读过宋代史籍的人都清楚，苏东坡根本没有妹妹，他有一个才貌双全的八姐，但在他认识秦观时，八姐早死了，哪有苏小妹与秦少游的千古之恋。苏小妹纯粹是文人虚构出来的，可悲的是你还以苏小妹自诩，让人啼笑皆非。此病不改，你大学毕业后若站在讲台上会误人子弟的。这是我的肺腑之言，也是我回赠你的礼物。做人须虚怀若谷，你我应安之若素。诤言不美，美言不真。同学之间一定要讲真话，这是最起码的做人底线，否则谈何知己呢？"裘志新讲到这里，尤重自尊、极爱脸面的女神的脸色由羞红顷刻转为通红，又由通红刹那变成惨白。她羞愧不已，无地自容，恨不得从窗口跳下去。窗外下起了霏霏细雨，西子湖被茫茫烟雨生成的雾气所笼罩，虽有烟雨之韵，但失去了原有的靓丽颜容……

女神的少女情思就这样悲怆结束了。裘志新深知女神虽聪颖伶俐，漂亮知性，但颇为算计，是一个精致的利我主义者，与自己是两股道上跑的车，走的不是一条路。事到今天，两人犹如天地之别，女神仅是一时冲动，率性而为，她睹的是未来成功的自己，我的人生如不出彩，其必然挥挥衣袖不留一片云彩，也许连句告别声都不愿说。明知不可能有未来的事若缠下去，不如痛痛快快表达清楚，这是裘志新的做人原则和处事方式。对女神而言，裘志新的决绝言语，也未尝不是一件好事，唯教训深刻，才能牢记终身。作者深信，过了这天，女神的思维和行事方式就有可能转变了，人都是在坎坷中成长起来的，爱情更是双方你情我愿的事，剃头挑子一头热鲜有成功。初恋遭拒，对任何一个少女皆是苦不堪言，女神自视聪慧靓丽，结果遭到己身已为大西北农民的裘志新婉拒，确是无颜再聊下去了。此次楼台会，聪颖的女神必将会在内心里存放一辈子，裘志新是她终身难以忘怀的一个又爱又惧的男人。他俩日后有无来往，当女神得到裘志新宁春4号培育成功并获得国家级大奖的喜讯和去世噩耗时，又会是怎样一种心绪，我无法猜想，愿她一生幸福。

公元1965年9月7日上午，一场夜雨使天堂之称的杭州城碧空如洗，秋意宜人，柳丝拂面，丹桂飘香。西子湖上莲荷摇曳，水鸟飞翔，一派水光潋滟晴方好，山色空蒙雨亦奇的迷人风光。

这时的杭州火车站却是另一番情景，站内外红旗招展，锣鼓喧天，数以千计的老少妇孺挤满了站台，为他（她）们的子弟——634名中、高考落榜的应届毕业生赴大西北腹地宁夏永宁县农村插队送行。由于该批知青是当时杭州历史上规模最大的一次上山下乡举动，并开启了全国跨大区集体插队的先例，因此欢送场面颇为热烈。中共浙江省委书记处书记曹祥仁，杭州市委副书记、市长王子达等省市领导与媒体记者前来送行和采访。满载知青专列的车厢内，两边

33

的车窗都打开了，知青们探出身子与送行的亲友话别。今离杭州去，何日再归乡。一句句叮咛声，一双双不舍的眼神，一行行别离的泪花，充斥着站台……

上午九点十分，列车在一声声长鸣中缓缓起动了，撕心裂肺的时刻到了，送行的人们跟着列车使劲跑开了，有的跑脱了鞋，有的遮阳伞骨架被风刮折了，有的背包带扯断了，但他们全然不顾，为的是多看一眼亲人，直至列车消失在云蒸雾霭的远方……

裘志新就是这批知青中的一员，一米六的个头，消瘦的身材，黝黑的脸上架着一副眼镜，一手提着旧皮箱，另一只手拎着装有脸盆和洗漱用品的网兜，在人群中毫不起眼。列车即将启动时，他凝望着一遍又一遍擦着不舍泪水的父母渐渐老去的身容，内心也泛起愧疚的涟漪。几分钟后，飞驰的列车阻隔了他与父母的视野，裘志新凝望着越益模糊的两老身影，双眼湿润了……

裘志新这时做梦也未想到，三年后，父亲不幸病逝，受当时交通和经济等条件所限，家人未及时告之，待裘志新收到父亲噩耗的家信时，老父早已埋骨桑梓了。当晚，裘志新借口身体不适没吃晚饭，独自去村外沙枣林抒发对父亲的哀思。他手扶鳞皮状的沙枣树，面朝南天放声恸哭，一边哭，一边回想着父亲生前对自己的不尽教诲和音容笑貌，尤其在杭州火车站送别时，老父面向列车前进方向一直颤抖地举着右手与自己告别，日渐苍老的面容是那么的憔悴，丝丝白发在晨风吹拂下零乱地撒落在脸上，双唇颤动着，似乎还在叨述叮嘱着儿子的话语，这是永远定格在裘志新内心中父亲大人的形象，也是裘志新终身引以为憾的事。在那个特殊年代，内心的苦楚又能向谁倾诉呢？苍穹中，在云中穿梭的月亮失去了往日清辉，偶露微光的稀疏星星也眨着孤独而迷茫的眼睛，仿佛在与他同悲共祭，一切只能憋在心中。裴志新泪容满面遥望南天，思绪万千，心想悼念父亲最好的行动，莫过于牢记父亲嘱托，下决心在塞上农村干出一番业绩来，以告慰老人家在天之灵。于是，他向老乡要了一块黑布，自己连夜做成袖套缝在外衣的胳膊袖上，同伴们知悉后都跑来慰问，但裴志新只是默默地流泪，不愿多说一句话，也许是怕有人说他与家庭划不清界限。第二天一早他又顶着星辰赶早工去了，只是话比过去更少了……

列车飞驰北上，裴志新很快调整了心态。他望着铁道两侧一颗颗郁郁葱葱的松柏感慨万分，千里之行始于足下，路是自己选的，也是自己走的，没啥可惋惜的。此行宁夏，不是去增加一个普通劳动力，而要用自己所学的文化知识去改变所在村队面貌，当一个新型农民，实现自己的人生价值。为此，他行前做了大量功课，阅读了不少农业科技书籍和有关宁夏的人文地理史料。此时，他不禁想起唐朝诗人韦蟾《送卢潘尚书之灵武》一诗："贺兰山下果园成，塞北江南旧有名。水木万家朱户暗，弓刀千队铁衣鸣。心源落落堪为将，胆气堂堂合用兵。却使六番诸子弟，马前不信是书生。"从诗中不难看出，宁夏历史上就是一块人杰地灵的风水宝地，只要上下齐心努力抓生产并大力推广科学种地，就一定能成为与地理意义上江南一样的人间天堂。他又忆起明太祖朱元璋十六子庆靖王朱㭎《月照西湖》一诗："万顷碧波映夕阳，晚风时骤漾晴光。暝烟低接渔村近，远水高连碧汉长。两两忘饥鸥洗浴，双双照水鹭游翔。南来北客寄相思，仿佛江南水国乡。"心想，明太祖的儿子能在宁夏扎根47年，并终老于此，我一个平民子弟又有什么可顾虑的呢？既然来了，就要从长计议，非创出一番业绩不可。命运总是眷顾有备之人，五天四夜的西行之旅，使裘志新进一步坚定了在宁夏干一辈子的决心和信心。

第三章　矢志不移

　　裘志新到宁夏下乡的初衷是当一个有文化有知识的新型农民，为改变农村落后面貌而奋斗终生。此愿，说起来容易，要做到宛如蟾宫折桂，铁杵成针，囊萤映雪，非一般人所能为。

　　在我国大西北腹地的黄土高原上，有一块神奇的绿洲，周边被腾格里、毛乌素、乌兰布和三大沙漠包围，这里却阡陌纵横、渠沟如网、果木成林、鱼肥稻香，它就是国土面积近两万平方公里的宁夏引黄（河）灌区，地理上统称为银川平原或宁夏平原。早在汉唐时就被誉为塞北江南，随着明朝将长城北扩，该处被新旧长城围合，后改称为塞上江南，沿用至今。

　　塞上江南因黄河而生，也因黄河而兴。黄河自甘（肃）宁交界的黑山峡入境后，由于地势平坦，水面开阔，流速减缓，变得十分温顺可人。它穿越中卫、吴忠、银川、石嘴山四个地级市，流经397公里。这里，土层深厚、土壤肥沃、坡降适宜，日照充沛，早晚温差大，病虫害少，宜于发展高效优质农业。加之历代在此修渠筑坝，逐步形成了自流灌溉，水浇地面积拓至600多万亩，被视为塞上粮仓。历史上这里是农耕文明与游牧文明的接壤地，为巩固边防，加强内地政权统治，从秦朝始便施行屯垦戍边政策，鼓励农桑、开渠挖沟，筑湖种苇，广植水稻，铸就了奇特的江南景观。塞上江南的形成除自然、地理因素外，还有重要的人文原缘。早在公元578年，北周破南陈后，将3万余江南籍官兵悉数迁于此地，"其江左之人尚礼好学，习俗相化，因谓之塞北江南。"（引自《太平环宇记》）总体上讲，塞上江南系移民之地，宁夏的历史在一定意义上讲是一部移民史。各民族在此相交、相融、相助，和谐包容，共同创造了塞上江南美好的生活和文化，鲜有排外习俗。1965年，政府将支宁的634名杭州知青安排在塞上江南中心区域的宁夏永宁县插队，目的是让知青们尽快适应和融入这块绿色黄土地的自然环境和地域文化，促使大家更好的在此扎根成长，为推动地方经济和社会发展助力。

初识宁夏川

　　1965年9月11日下午，满载杭州知青的专列驰入宁夏境内的首站—中卫迎水桥车站。中共宁夏回族自治区党委委员、组织部部长兼永宁县委第一书记史玉林等领导同志，专程赶来登上列车表示热烈欢迎，使大家十分振奋和激动。当晚九时许，列车缓缓驰进了银川火车站。当时，银川站仅有七个开间的站房和约百十米长的站台，条件十分简陋。但站台内外已锣鼓喧天、彩旗招展，银川各界群众数千人前来车站迎接。裘志新所在车厢位于列车后部，无站台可踩，加之天黑，眼神又不好，下车时一脚踩空摔落在铁道边的沙坑里。他笑着说："刚到银川就给我来个下马威，这一跤摔得好，让我感受到宁夏的落后，我们来此大有用武之处。"次日上午，银川各界群众在当年最豪华的红旗剧院集会欢迎来宁的杭州知青。自治区党委书记处书记、自治区人民政府副主席马玉槐同志代表自治区党委和政府发表了热情洋溢并有的放矢的讲话，他除表达欢迎之意外，称赞大家来宁下乡插队是消灭三大差别，实现脑力与体力劳动相结合的先锋般革命行动。并特别强调，一个人的出身由不得自己，但前途完全可由自己选择的，党的政策是重在表现。更令人振奋的是，他说，自治区拟在永宁县以杭州知青为主体，办一所共产主义劳动大学，并亲自兼任校长，永宁县委第一书记史玉林同志兼任教导主任，在理论与实践结合的基础上，把大家培养成能文能武的革命事业接班人。他衷心希望大家身在宁夏、心在宁夏，红在宁夏、专在宁夏，经受住各种考验，在三大革命运动中锻炼成长，不辜负党和宁夏人民希望，做一代有文化、有知识的社会主义新型农民。马玉槐同志的讲话，赢得了与会杭州知青热烈、长时间的掌声。裘志新一刻不停地在笔记本上做着记录，内心无比兴奋。在银川三天集中培训学习的隙时，知青们游览了银川城区。当时银川市区的城市建设和基础设施几乎一片空白，被人戏称为，一条马路（指沥青铺就的马路只有一条从西门到东门羊肉街口不足两公里长的解放大街，其余街道均为晴天一脚土、雨天一身泥的土路），两座楼（指处于解放大街中心位置均为三层高的百货大楼和邮电大楼，其余基本上是土坯平房），一个警察看两头（喻城小，只要一个交警便可管理全城交通安全了），中山公园三只猴（无其他动物可观）；全城只有"同福居""黄鹤楼"两家汉、回族餐厅，红旗与银川两家影剧院，宁夏大学和宁夏医学院两所全日制大学及宁夏医学院附属医院一所大型医院，三路公交车；城区东西、南北长宽均约两公里，四周被城墙围绕，城门楼高耸。银川城虽小，但古迹甚多，除市中心的鼓楼、玉皇阁外，还有承天寺、北塔、西塔等，据说贺兰山还有滚钟口、苏峪口和西夏陵等景点，充分说明银川是一座历史文化底蕴丰厚的古城。裘志新通过仔细观察，颇感这里发展潜力深厚、是个可充分施展年轻人抱负之地。裘表新有一个习惯即走那儿随身都带着袖珍笔记本和钢笔边看边记，他认为看一篇遍不如写一遍，写一遍不如默诵一遍记得牢。于是，他利用晚上时间，徒手将白天在笔记本记录的道路、医院、商店等建筑物的方位、名称、坐落位置、公交车站等绘制了一张简易的银川城区平面布置示意图（当时银川尚无城市地图出售），并与正规地图一样标注了相关建筑物图示，进一步增强记忆，加深对银川地域文化了解，避免日后进城购物、就医、休闲找路浪费时间。9月15日下午，怀着满腔激情，唱着高昂的歌曲，穿越白杨矗立的银兰公路，杭州知青乘车分赴各自下乡的社队。裘志新与其他9位知青落户在永宁县胜利公社胜利大队第十一生产队。到生产队时，已近傍晚，农舍房顶上炊烟袅袅，牧童赶着牛羊在归途中吆喝，远处传来尚在劳作农民悠扬委婉的宁夏花儿歌声，热情的社员在村口迎候，知青们欣喜万分，与村民们互相拉手问候。队上已派人为知青做好了晚饭，主食是铁锅焖大米饭，菜是猪肉豆腐白菜炖粉条，当地人称大烩菜，荤素搭配，加之青椒增色提味，裘志新食欲大增，吃了满满一老碗米饭。饭后，他在炕上把政府发的铺盖打开，行李摆放整齐后，顾不上休息，便围着村子转开了。宁夏日照长，天黑得迟，此时尚处于暮色朦胧之际，又值中秋节气，皎洁的月光穿越云层撒落在村舍四野，群星开始闪烁；村边渠水潺潺，沙枣树枝叶随风摇曳；辽阔的田野上稻浪滚滚，蛙声此起彼落；西边的贺兰群峰，云遮雾绕，隐约可见……好一幅风情别致的塞上暮景图，与明庆靖王朱㭓诗中描写的情景相似，与大伙当初想象简直是两个天地。裘志新甚为欣喜，暗想这次赴宁夏插队是来对了。他随渠水流向，信步来到了沙枣树旁。裘志新从未见过沙枣树，内心十分惊奇，这鳞状树皮，树枝又不甚规整，外表异常丑陋之树的枝条上却结满了诱人的金色小果，十分抢眼。渠边玩耍的村童告诉他，这叫沙枣树，可好活了，一年不浇水照样长得壮壮的，浑身是宝，花开时香溢四方，如今花息了，长满枝头的沙枣果软糯沙涩，听大人讲可养人了！裘志新听了兴奋异常，立刻使劲一跳，拽下一条结满沙枣的树枝，拟拿回知青点让同伴们欣赏。不料，枝上长的尖刺扎破了他的手指，霎时鲜血外溢。村童们见了笑翻在地，拍手讥讽道："杭州侉子连沙枣树有刺都不知道"。裘志新羞愧不已，心想，大自然真是奇妙，且凡美好的东西，想得到都不容易，非付出代价不可。同时，他更意识到，书本知识必须与实际相结合才能发挥真正的作用。看来，要做个有文化、有知识能改变村队面貌的新农民，需付出的辛劳和血汗肯定不会少，自己一定要做好充分的思想准备。归途中，他见一家农户敞着大门，屋内有煤油灯光在闪烁，便穿过土圪垃围就的院落进去了。塞上农村民居均是土圪垃砌就的，房顶和内外墙抹的是黄土草泥，由于屋面无排水设施，一到雨季房顶漏水严重，每年须上一遍房泥找平，否则无法住人；家家房前有一个用土坷垃围砌的院子，用以堆放烧火做饭用的麦秸草和热炕用的麦衩，还有一个约一米五高同样用土坷垃围护不分男女的露天旱厕，人们解完手到无立足之处时，便用黄土覆盖发酵，累积到约半米高时便起出来堆积在外发酵为肥料，居住和生活条件十分简陋。见有人来串门，坐在炕沿上的男主人热情起来打招呼："你是新来的杭州知青吧！来，炕上坐。"裘志新乘机扫了一眼屋内，这是两间明屋，屋顶中间有一根木梁，木梁上架有木椽子，椽子上是芦苇席铺就抹着黄草泥的屋顶，因排水不畅，中间部分被雨水冲得下沉了，黄草泥一坨坨陷了下来；进门北边是一溜大炕，东西两头各开了一个窗口，窗口没有玻璃窗扇，只是用厚窗纸贴在木格栏上，窗纸不时被晚风吹得呼呼响，中间部分即随风鼓胀起来了；炕上靠炕沿处放着一张小炕桌，桌上有一盏用墨水瓶自制没有灯罩的小油灯，冒着黑烟，不停跳跃的弱小灯火旁，两个十来岁的小男孩正趴着写作业；炕上靠北墙处叠着四条被褥，炕面没有床单只铺着一张苇席；炕下东墙边盘着与炕连通的柴火灶，灶上方两根钢筋打入东墙撑着一块长条木板用以放置碗筷、瓢勺和调料，长条板下立有一块像似和面用的大案板和一块切菜用的小菜板；炕下西墙前有两只用红漆刷就的大木箱子，因时间久了红漆已开始褪色和剥落，主人说是用来盛放粮食的米面箱；地是泥地面，屋内四周的黄泥墙已被烟火熏得如墨一般，家中既没有一张桌子，也无一把椅子，可用家徒四壁来形容。这时，女主人回来了，见家中站着一个杭州知青羞涩地埋怨丈夫说："来了客人，你也不烧点水。"男主人恍然大悟答道："锅里还有一点米汤可解渴。"说着便起身跑到灶上长条板处取了个大老碗，从锅里热着的大盆中臼了一勺米汤歉意地说："我家没茶杯子，你凑合喝吧！"裘志新尝了一口倒挺顺口，笑了笑说："谢谢！你家的米汤挺好喝，咋做的？"女主人说："娃娃放学回来嚷着肚子饿，我就焖米饭，在焖米饭时撇的。我们这里煮米饭的习惯是当米在锅中煮化时，就把米捞出来上笼蒸，留下的米汤当水喝，这米汤可养人了，村里坐月子的女人当营养品喝。"裘志新看时间不早了，也无心绪再了解更多情况，便谢别主人，回知青点去，大脑似有沉重的涨感。初识宁夏川，给裘志新上了一堂终生难忘的塞上乡土民情启蒙课。他踩着略为清冷的月光，手攥长满尖刺的沙枣枝，默默朝前走着。他细想，一件事粗看与细察是完全不同的两种结果，今后万事不能蜻蜓点水，只有沉下身子把情况弄清楚，处事才有方向和准头。由此，他开始养成事必躬亲的习惯。这时的裘志新已兴奋不起来了，心里仿佛压了块石头，深感乡亲们的日子太难了，自己梦想的压力也更重了，村庄已沉浸在深深的夜幕中了。

收割红高粱

　　胜利公社位于永宁县城西北，境内渠沟纵横、果木成林、一马平川，稻稷飘香，好一派塞上江南的绮丽景观。知青点的住房是政府出资新建的砖基、砖柱、里外白灰刷墙的平房，每间房均设有门连窗，窗框上的窗扇安有玻璃，室内十分亮堂，还配有刷了漆的方桌、方凳，另辟有一间伙房和储藏室，屋旁设有男女分隔盖有半截草泥棚的旱厕，但住房屋面仍是苇席上抹黄草泥。比比乡亲们的住房，裘志新感到满足了。到队上的第二天一早，他便出工了。队长给了他一把镰刀，分配他与妇女们一起去收高粱。他从未见过高粱，也没使用过宁夏的大镰刀，但当看到一眼望不到边的茁壮高粱像边防哨兵一样傲然挺立，高粱穗子在金色朝阳照射下色红如血，与妇女们各色头巾、衣服勾成了一幅五彩缤纷的丰收画卷时，内心又兴奋起来了。他见妇女们左手挨住高粱秆，右手咔嚓一刀，利索的将高粱砍倒在地。心想，这有啥难的，便跟着干开了。谁知看人挑担不费劲，自己挑担步步累，镰刀在手中怎么也不听使唤，左一刀右一刀就是砍不断高粱秆，一阵手忙脚乱，便赌气似的乱砍开了，不一会就让妇女们拉下一大截。

　　裴志新满头大汗，心急如焚，手脚更乱了，不小心一刀擦破了左小腿的肉皮，卷起裤脚，鲜血直往外溢。他不敢言出，悄悄用手绢将伤口绑住，继续往前砍。一天下来腰酸背疼，还不时被妇女嘲笑。他深感面朝黄土背朝天在地里刨食的农民之不易，同时，又暗下决心必须闯过劳动关。当天晚上，他向乡亲们借了块磨刀石，借着月光的清辉，一个人坐在门外，一遍遍把镰刀磨得锃亮，又在伤口处用自备的碘酒消毒后撒上消炎粉并用纱布包扎好，做好了一切准备。第二天，他忍痛照旧下地砍高粱。坚持就是胜利，一周下来，他已成为手脚麻利的收割手，并渐渐超越了妇女，大家投去了钦羡的目光。收完高粱，他又和社员一起割水稻、打场、背着约200斤重装满稻谷的麻袋交公粮及垫牲口圈等农活。三九严寒时又和农民一道起牲口圈往地里送粪，逐渐成为队上的骨干壮劳力。

挑渠磨意志

　　开春后，裴志新又主动要求参加塞上乡村受苦最重的农活——赴唐徕渠挑渠。唐徕渠开凿于唐朝，当时的银川平原，是帝国的边防重地，驻军数量达到了前所未有的情况。"安史之乱"时，这里一度成为王朝的临时政治中心。唐肃宗在灵州即位后，从政治、军事需要出发，须有大批粮食，鉴于当时兵荒马乱的窘境，从各地调征又不现实，便在平原上大兴水利，开凿新渠，鼓励农耕。名臣郭子仪时任御史负责开渠，所开之渠名曰御史渠。此渠经历代修整不断拓宽延伸，一直利用至今。因它始于唐朝，后人改称为唐徕渠。千年来，它一直蜿蜒穿过青铜峡、永宁、银川、贺兰等市县，不仅是银川平原的农业命脉，且成为一道古城的靓丽风景线，维护好这条千年古渠是后人义不容辞的责任。

所谓挑渠，就是将已灌溉一年的渠底淤泥和两边渠坡塌陷的土方清理干净，并使人工用背箅将清除的余土沿着约60度的大坡运到渠陂上，由此又加高了渠陂，使渠更加安全。由于地下水位高渠底淤泥含水量大，一路背，泥水一路不停地从背箅缝隙渗在人的脊背上。别人一背箅上五大揪淤泥，裘志新却要求上六大揪，以此考验自己的意志和承受能力。春寒料峭，不一会人身上冒汗，但衣服却冻成了冰，由于背着稀泥上大坡，乡亲们认为此活比修筑万里长城还艰辛，一天的体力透支极为严重。裘志新小小的个子更是如此，每顿午饭需吃四五个大馒头或两老碗面条方能填饱肚子。为使渠底渠坡能一劳永逸，这年挑渠又增加了一道工序，即将修整后的渠底和渠坡内侧再用约一米见方的素砼板砌护上，为防水泥板在搬运中破损，领导要求用人工背到渠底。一块水泥板重一百来斤，板面粗糙，一天往返数百次，后背磨出了血痕，托板的双手裂开了口子，两腿累得直打颤。一次，裘志新在起托水泥板时因用力过猛造成右胳膊肩关节脱臼，他忍着剧烈的疼痛放下水泥板，躺倒在冰冷的渠坡上，也不敢大声吭气，用书本上学过的急救知识，教一位民工用手推拿使肩关节复位，但稍使劲仍疼痛不已，他皱眉咬牙，豆大的汗水直往下淌。带队的领导见了非要裘志新回工棚休息，但他摇头不语，只是让这位工友将自己脖子上的毛巾扯成条条结成绷带套在脖子，把右手固定在绷带上。稍休息后，便用左手又帮助渠底民工推车去了。带队领导看着他瘦弱的背影，赞叹说："真是一个玩命干活的好嘎子，想不到杭州跨子比我们当地人还能吃苦卖力。"就这样，裘志新认识了这位带队领导，他是公社的生产干事，负责管理水利部门分配给胜利公社的约十公里渠段的挑渠任务。他将任务平均分包给公社下辖的生产大队，渠坡上插了彩旗，按了广播喇叭，各大队听广播统一上下工，自己带粮开灶。带队领导的主要工作是与水利技术员每天检查督促工程质量和进度，确保按时按量在春灌前完成任务。工地上及时广播各段的进展情况、表扬好人好事和预报第二天的气候情况，中间播放革命歌曲。各大队都不甘落后，工地上呈现一派你追我赶，人忙车奔的火热劳动景象。天下没有白受的苦，有心的裘志新借这次挑渠，不仅学会了千年古渠的维护修缮程序和方法，还学到了规模化生产的组织工作和协调方法，增强了领导意识和能力。

一个多月的挑渠活计结束了，裘志新挎着黄书包，沿着修整一新的渠陂兴高采烈往回走。渠陂两边的柳枝发出了鹅黄色的嫩芽；梨花盛开，犹如香雪；杏花含苞，摇曳枝头；欢快的各色野鸟在树枝上追逐跳跃，放声歌唱，春光灿烂，万物复苏。阅尽千年变故的唐徕渠放下了春水，渠水象金色缎带流进了阡陌纵横的深厚黄土地中，大田里的春麦一片翠绿。渠水似乎也流入了裘志新的心田，胸

46

中荡起一股幸福暖流。他再一次体会到劳动伟大，劳动人民的伟大，也为自己经受住塞上最苦的挑渠劳动考验和学到的知识而颇感欣慰。由于挑渠活艰辛，队上安排男性壮劳力春秋两季轮流上。农民是最重实干的，裘志新觉得要让群众认可自己，必须高于普通社员标准，他两季都主动报名参加，且每次都受到公社挑渠指挥部的表扬，大伙对他刮目相看，在社员群众中的威信也就逐步树立起来了。

科技显力量

做一个新型农民仅能吃苦是不够的，还必须运用现代科技知识来改变农业生产方式。但作为一名尚处于边干边学中的知青，在乡亲们中缺乏权威和资历，轮不上说三道四。明智的是先说服队长，让他发令和组织用优良的种子和先进的良方良法来改变传统农业耕作方式提高产量，取得让社员群众摸得着看得见的实实在在效果，使农民得实惠，农村变模样，农业上台阶，广大社员才能服你，科学种田的意识方可普及，你也有了一定的话语权。来队第二年，他看到水地里种植的白皮稻产量低，加之采用传统的撒播耕作方式，造成广种薄收，内心十分焦虑。他得悉有的社队已开始引种高产水稻品种—东北的公交稻且效果不错，并与队上其他杭州知青一起陪着队长去实地察看，用事实说服了队长，队上同意拿出十亩地引种东北"公交12号"高产良种。在实施过程中，知青们还大胆采用水育秧苗新技术，将撒播改为插秧。经过半年摸索奋斗，秋后，试种的十亩公交稻平均亩产从原来的237.5斤增加到477斤，提高了一倍多。科学技术让农业插上了腾飞的翅膀，乡亲们亲眼看到了良种、良方和良法的好处，改变了对杭州知青的看法，也坚定了裘志新等知青钻研新品种、新耕作方式等科学种田的信心。

当时，国家实行计划经济，化肥属紧缺物资，农家肥又不够用，大地麦苗因缺肥逐渐变黄。队长十分着急，便主动找裘志新商量解决办法。裘志新平时话很少，这时却信誓旦旦说："这事我们瞅到了，也十分着急，要从根本上解决问题，只有自制土化肥，我已买了化肥制作原理的书籍，并请教了一些农技专业人员，收集了许多瓶瓶罐罐，已开始动手了，我相信功夫不负有心人，什么事都是人干的，我们一定能把土化肥试制出来。"农民是最务实的，队长听了十分感动，尤其是佩服他视队如家，把全部心思放在护育庄稼上，干任何事不用队长布置，自己主动就干了，完全服了这个杭州来的小个子，也为日后将自己的小姨子介绍给裘志新当媳妇打下了基础。此后，裘志新白天照样出工，晚上在昏暗的煤油灯下与其他知青一起从事土化肥试制工作。他们一个配方一个配方的试，困了用冷水洗把脸，实在顶不住了，就爬在放着瓶瓶罐罐的土工作台上打个盹，整整琢磨和配制了一个多星期，终于试制成功了"5406"号菌肥，前后共配制了5万多公斤。这是绿色化肥，其效果不亚于小化肥厂生产的尿素，解决了队上的燃眉之急，不仅为大地丰产打下了基础，重要的是让乡亲们看到了科技的力量，为今后的农业现代化播撒了科技的种子。同时，也让社员群众感悟到有文化知识的人就是不一样，杭州知青在队上的地位大大提高了。

世事无常。裘志新下乡不久，"文化大革命"开始了，他寄予无限希望的共产主义劳动大学也杳无音信。但他毫不气馁，始终认为民以食为天，不管闹什么革命也得填饱肚子，否则肚子要先闹事了，揪把子的权谁也夺不走，且谁也不想夺。为此，他一心一意坚守在科学种田的大地上。

1968 年，深受社员群众信任的裘志新被推举为大队仓库保管员兼米面油加工厂会计。前任保管员由于责任心差，库房储存的粮油年年盘亏严重，社员意见很大。裘志新从没干过保管工作，他深知要比前任干得好，除增强责任心外，还需掌握粮油保管的科学知识，任何工作都是有规律可循的，规律是科技工作的基础，任何规律都总结在农业科技书籍里和老同志的实践经验中。为此，他在正式上任前，先买来了相关书籍，在书本上吸取了不少粮油保管知识，又到公社粮库进行实地取经，拜师学艺，明白了做好仓库保管的基本要领。接手后，他要求所有交付库房保管的稻谷、小麦等农作物水分须控制在 13% 以下（以手感干透为准），并在库房四周放了捕鼠夹，进门处装了活动挡鼠板，要求榨油的操作工必须多榨一遍把胡麻榨干吃尽，使库存粮油年损耗率平均降到 0.1%，整整降低了 10 倍。他还将原来每周一天凭票换胡麻油的旧规改成社员随到随换，并经常帮助老弱病残的乡亲加工粮食，受到了社员和社队领导的交口称赞。

1972 年，裘志新被选拔到胜利公社农民技术员岗位。尽管身份依旧是农民，但可以专职从事农业科技工作，对他来讲堪比登上了九霄云天。他一心一意推广良种良方，还有幸参加了县上举办的农民技术员培训班，提高了专业素养。这一岗位虽然只待了一年，但对他来讲是从农民到农技专业人员转变的过渡和实习期。

裘志新下乡第二年就被选为生产队团支部书记和大队团总支委

员，并将裘迪森的名字正式改为裘志新，进一步表明了自己在宁夏耕耘一辈子的志向。在生产队八年，他年年被评为"五好社员"，且次次名列榜首。这不仅仅是一种荣誉，更是广大群众对他的一份满满的信任；这也不光是写在红纸上的表彰，更是每个社员从内心深处涌动出来对他长期辛勤付出的肯定和回馈。一句话，是自己日常一言一行表现所积累下来的一笔精神财富和人生征途中的无价之宝。

生活学沙枣（树）

常言道，生容易，活容易，生活不容易。杭州知青到宁夏插队当农民，过的第一道坎其实是生活关。浙江杭州与宁夏永宁相隔千山万水，不仅饮食习惯迥异，作息时间也不一样，文化传承和艺术欣赏标准更不尽相同。要融入当地的人文环境，首先须融入社员群众的生活习俗。

南方人饮食是常年不离大米饭，菜肴比较清淡。但当地人以面食当家，无论炒炸烹炖煮烤煎，乃至凉拌、下面、做汤均无辣不喜，无酸不欢。每当麦收，家家酿一缸陈醋；每到入秋，户户门前挂数十串通红的辣椒；每逢立冬，家家户户腌一大缸酸菜。有这些传统佐料垫底，日子过起来踏实。如吃面条时，炝一点葱花，舀一瓢陈醋，调一勺辣椒油，三下五除二满满一老碗面条就下肚了，基本不用菜，还吃得齿颊留香，幸福感满满。有图省事的农家，更是蒸一大锅馒头，肚子饿时，随手掰开馒头，夹一勺用醋调制的酸辣油，也吃得额头冒汗。裘志新深知要在这块土地扎根，必须入乡随俗，做一个地道的宁夏人。当地农家少有男人上灶的，但裘志新却跟着农村婆姨学习和面擀面条，发面蒸馒头，夏天酿陈醋，冬天腌酸菜，吃面放辣椒，做汤调陈醋，吃得味蕾大开胃胀肚圆，很快适应了当地的饮食习惯和口味。用他的话说，不能轻易否定一个地方的饮食习俗和烹饪方法，各有各的特色，宁夏的酸辣能开胃提味，且基本不用炒菜，省了很多事，节约了不少时间，自然这也与当地无霜期短、蔬菜品种少有关。裘志新吃惯了宁夏饭菜，反而觉得南方菜寡淡无味，真是一方水土养一方人啊！

南方及全国大部分地区一般的作息时间是早八点到中午十二点，下午两点至六点，即使农村也如此。但宁夏川区农村的作息时间是天一亮就空着肚子赶早工，到太阳一丈高了才收工回家吃早饭，一个小时后又出工干到日头偏西回家吃午饭，约一个多小时后又出工直干到太阳掉进贺兰山才收工，每天劳动时间长达十几个小时，除隆冬节气五更天起圈往地里送粪外，其他大致如此。知青点集体开灶，为适应该作息制度，裘志新等杭州知青也学当地人蒸一大屉馒头，赶早回来，将昨天的剩米饭熬成稀米汤，就着夹有辣油的馒头，狼吞虎咽的填饱了肚子，适应了队上的作息习惯。

南方人，尤其是江浙人爱看越剧，大人小孩都会哼上几句。为此，20世纪50年代末、60年代初，当十万浙江儿女支宁时，当地政府专门从上海越剧院调来专业人士，组建了宁夏越剧团。但宁夏人喜欢听秦腔，其高亢激昂、宽音大嗓、直起直落、语气硬朗结实的唱腔，犹如西北人的豪放性格，很受当地人喜欢。当时，大多杭州知青听惯了越剧的柔声细语，误认为秦腔是鬼哭狼嚎，没人愿意学。但裘志新认为要扎根宁夏必须融入地域文化。他钻进去后才发现秦腔是我国最古老的剧种，起于西周，源于秦地（陕西宝鸡一带），成熟于始皇时代，用枣木梆子敲击伴奏，是京剧、晋剧、河北梆子等剧种的鼻祖，几千年传承不衰，地道的西北汉子都能吼上几嗓子，老少皆爱。颇有心思的裘志新收工后就悄悄跟着老农学习秦腔和陕西方言。不得不说，裘志新的天赋好，学啥像啥。平时讲话还乡音难改，但一吼秦腔，满嘴皆是长安语系，因为不用此语系就失去了秦腔味，这是裘志新苦学硬记的结果，几次在队上表演均获得满堂喝彩。这不能用简单的爱好两字来概括，而是他植根于内心深处在宁夏干一辈子心愿的本能反应。

南方人讲究卫生，早晚刷牙，条件允许时每周洗一次衣服。开始，当地社员不理解，认为杭州知青的衣服是洗坏的，不是穿坏的。通过自己尝试，也慢慢体会到洗过的衣服穿着既舒服又干净。刷牙后满嘴清香，牙也显得白净了。最有意思的是盛夏时，大伙儿从打麦场归来，大汗淋漓的身上沾满麦炕，奇痒难受。有些男女杭州知青索性穿着泳装去唐渠、汉渠游泳，既洗净了身上的汗水和麦炕，又可舒展身体。但此举却捅了当地思想观念中的马蜂窝，引来了不少社员围观，有的光棍汉一边喊叫不文明，一边却把眼睛盯在女知青白嫩的肌肤上。裘志新向社员解释说，游泳是一项体育运动，是世界体育大赛项目，也是一项十分文明有益身心的健身锻炼。该项目比的是速度，而泳装可有效减少水的阻力，因此泳装被世界和各国体育运动组织确定为该项赛事的运动装。通过解释，老乡们慢慢理解和接受了，有的男社员，特别是年轻嘎子也下水游泳，他们简称为耍水，但少见女社员游泳的，可能是此时本地商店还没有女式泳装出售的缘故。就这样，通过多年交流，杭州知青与方亲们互相取长补短，两地的文化和生活习俗逐渐融合在一起了，老乡们把杭州知青当亲人待，家里有好吃的主动前来招呼，知青们把宁夏作为自己的第二故乡，大伙儿的心紧紧拴在一起，演绎了一部别样的知青大剧。杭州知青在永宁呈现出两高一深的特点：一是成才率高，90%的杭州知青逐步成为当地工矿企业、商贸单位和文教事业的骨干；二是留存率高，即使国家调整知青政策后，尚有10%的知青留存宁夏；一深是与永宁的乡亲父老的感情深厚，即使调回故乡的杭州知青还经常保持着与乡亲们的联系，有的知青退休了干脆在永宁买了住房，晚年在两边生活，夏天来宁夏避暑度假并见证永宁的发展变化，冬天回故乡与家人团聚，其乐融融。2005年，为纪念杭州知青到宁夏永宁县插队四十周年，200多位按政策已调回故乡和全国各地的当年知青，打着"四十年亲情浓于血，梦中几回宁夏川""贺兰山下是我家，黄河之滨是故乡""向永宁县父老乡亲们致敬"等大幅标语前来回访宁夏的乡友，大家用微薄的工薪收入捐了一所永宁县纳家户杭州知青希望小学，建立了全国唯一的乡村学校"奖教基金"，赠送了一批现代教育器材。2015年，为纪念杭州知青到永宁插队五十周年，调回故乡的知青们又自编、自导、自演了大型组歌《情系宁夏川》，来银川和永宁义演，给年轻一代上了一堂生动的正能量教育课。其中的主题曲《不要问我青春悔不悔》唱道：

问苍天，问大地，不要问我青春悔不悔，风霜沙暴无怨憾，还有什么比人生低谷时展现出的精气神更宝贵！

问黄河，问贺兰，不要问我青春悔不悔，常忆乡亲们舐犊护翼把风雨挡，还有什么比患难真情更可贵！

　　问大漠，问驼铃，不要问我青春悔不悔，忘不掉戈壁滩上座座南向的知青墓碑，还有什么比年轻的生命更金贵！

　　问唐诗，问宋词，不要问我青春悔不悔，还有什么比坚韧不拔矢志不移造福苍生更珍贵！

　　歌声在蓝天白云间飞扬，在贺兰山下回响，更在人们心中震荡，这是一曲当代版的青春之歌，是杭州知青用几十年的青春热血乃至宝贵生命谱就的，裘志新就是这个集体中的杰出代表。

　　因此，裘志新形容杭州知青在宁夏农村过生活关，用了"生活要学沙枣树"来表述。他认为，荒漠中的沙枣树，历尽风沙严寒、旱碱贫瘠的磨炼，才铸就起抗旱、抗风、抗沙、抗盐碱、坑贫瘠土质的禀性，锤炼出顽强的力命力，用以造福人类。表面看，沙枣树既没白杨挺拔，也无垂柳多姿，且鳞片状的树皮和满枝的尖刺让人不敢靠近。实际上，它浑身是宝：树干、树枝、树叶、树皮、树果、树根均可入药；沙枣花开香天下，沁人心肺，又称桂花柳，可提炼芳香油，制成化妆品；沙枣果营养丰富，既可磨粉成主食，又是羊的优质饲料，沙枣果与沙枣叶掺在一起喂羊能提高母羊发情和公羊配种率，十分有利羊群繁殖；沙枣树杆木质坚韧细密，是制作高档家具的理想材料；更可贵的是沙枣树具有顽强生命力，是绿化造林，防治土地沙漠化和荒漠化的最佳选择。适者生存，故我们要学沙枣树良好的适应性，不管遇到何种艰难环境都能茁壮成长，具有强大抗性，以此铸就良好的内在素质，为苍生造福，达到唐朝黄檗禅师"不经一番彻骨寒，那得梅花扑鼻香"这一千古名句所表达的心灵修炼和人生境界。植物生长与人生成长的道理是一样的。表面瞅，杭州知青在宁夏农村吃了许多苦，经历了不少磨难，实际上提高了每

54

个人的内在素养，尤其是提升了抵御政治、社会、经济和自然界各种风霜的抗力，这是在任何大学学不到的东西，是这批人特有的一笔精神财富，值得永远珍惜。为此，裘志新写了一首《咏沙枣》诗：莽莽荒漠一沙枣，朔风旱碱志不摇，瘠地沙暴炼铮骨，丑陋容颜浑身宝。黄花能使女儿姣，酱红果实殖羊羔，枝叶根皮皆入药，惠及苍生日月昭。抒发了裘志新心向沙枣，志在宁夏创业和造福百姓的宏愿。

喜娶农家女

人们常说，一个成功的男人背后必然有一位优秀的女人，李凤香就是助推裘志新走向成功的女人。李凤香的优秀非传统意义上的学历高企，睿智过人，才貌双全，而是一个只读过小学两年书、憨厚朴实的农家之女，但夫妻相处不怕不识字，就怕不识事。谁说农家女不懂爱情，李凤香可谓大智若愚，十分清楚自己是谁，应说什么，做什么。婚后，她认为自己最重要的事是一心一意照顾好丈夫，千方百计消除男人的后顾之忧，为他创业创新服务好。当裘志新干上专业育种的营生后，出门李凤香替他收拾好行装，回来总把平时自己和孩子们舍不得吃攒下的鸡蛋炒了端上来；裘志新喜糯米食品，她便向乡邻们兑换来糯米磨成粉，做成芝麻汤圆给他当早点；尽管裘志新已完全适应了宁夏口味，但只要裘志新在家，李凤香每顿饭均按南方人的习俗和口味，炒菜时尽量少放葱姜蒜和辣椒，让男人感觉到家乡味道；尤其是李凤香任劳任怨把三个女儿拉扯大，对丈夫没有半句怨言，直至同意将家中维持生机的半亩自留地拿出来给丈夫当育种试验田。她知道丈夫是个文化人，在外干大事，一天比自己操的心多，烦心的事也多，回到家再不能让他生气了，大事由裘志新作主，小事就不打扰男人，平时他俩没显露出多少柔情蜜意，日子过得平淡踏实，但平平淡淡才是真，就这样，两人相濡以沫走过了五十多年。

　　李凤香的姐夫曾是裘志新插队时的队长，是他先瞅上了裘志新，觉得这个杭州来的瘦小个子干活肯卖力气，说话从不谎人说到做到，尤为可贵的是对护育庄稼舍得下功夫钻进去，将来必是个能成事的人，故有心将小姨子许配给裘志新。为让两人多接触，便经常分配他们在一起干活，家里做好吃的，总让凤香去喊裘志新一起享用。日久生情，裘志新见李凤香身体健壮，体态丰满，性格开朗，干活不怕脏不怕累，且任劳任怨，内心也涌动起感情的波澜。世俗眼光认为，婚姻是女人的第二次投胎；对男人而言，婚姻何尝不是自己迈向成功的砝码。睿智的裘志新内心十分清楚要娶什么样的妻子，自己欲在宁夏艰苦奋斗一辈子，必须有一个温馨宁静的港湾，尤其要找一位善良、吃苦、任劳任怨、死心塌地支持自己事业的贤内助，而李凤香便是最佳人选，是上苍献给自己能终生受益的最好礼物。但这一美好姻缘，裘志新家中却表示异议。当接到儿子在宁夏要娶农家女为妻的信时，母亲十分不爽。此时家人正在想方设法将他往杭州挪腾，并千方百计找好了接受单位，一旦裘志新与李凤香结婚，一切努力成了竹篮打水一场空。为此母亲多次来信，动之以情晓之以理加以劝阻。但裘志新回信却说的十分决绝："我非李凤香不娶，请家人不要过多操心，鞋大鞋小只有脚知道，恕孩儿不孝，万望母亲大人成全并多多保重。"老人无奈，寄了杭州产的两条缎子被面略表贺意。裘志新与李凤香的恋爱没有花前月下的海誓山盟，也没有泛舟湖上的浪漫情调，一次在她家吃饭时，队长说了一句；"你俩岁数都不小了，抓紧把事情办了吧。"裘志新惜字如金，只说了一个字："行"。李凤香从小崇尚文化人，心里早有了裘志新，于是也害羞地点了点头。吃完饭，队长说："既然你俩都同意了，就不要老窝在家，也像城里年轻人那样出去转转，说说心里话，家里活由凤香的姐收拾。"这个家，队长的话犹如皇上圣旨，吐口吐沫就是钉。裘志新便和李凤香一前一后来到了村外干渠边的沙枣树下，经历了他首次具有仪式感的谈情说爱。

　　这是个沙枣花飘香的月满之夜，银色的月亮既代表爱情，又是爱情的见证者，它窥视了裘志新首次谈情说爱的全部经过：两个人迈上渠陂，裘志新掏出手绢垫在地上，小心地将凤香扶坐下来，并轻轻地将她的后背靠在沙枣树上，自己紧挨着她，两人几乎都可感觉到对方剧烈的心跳，开始谁也没张口，只享受着沙枣花的沁人清香，倾听着潺潺渠水的流淌声，仰望着如盘的明月，但内心早已心潮起伏、激情满怀，只差一粒火星将其点燃。还是志新先开口："凤香，我人瘦个矬，既无房又无地也无钱，而且家庭成分又高，你怎么看上我了？将来不后悔？""你这个人忠诚厚道，从不撒谎溜皮，做啥都求好，干啥都能成，跟着你踏实。当下虽然艰难，但一切都会好起来的，这辈子无论你走到那里，我都跟定你了。""那你对我啥看法？"天下女人都不傻，均知道如何踢皮球，李凤香笑着问道。"我观察你几年了，你是个好女人，既吃苦耐劳，又任劳任怨，还识大体顾大局，分得清轻重缓急，不怕吃亏，嘴不碎，不惹是生非，我跟老妈说了非你不娶。"志新话音刚落,李凤香便一头扎进了他怀中,裴志新紧紧地搂住了她。这时,一阵晚风将几根新发的沙枣嫩枝吹拂在凤香脸上,志新轻柔地将它们挑开,用五个手指把凤香的头发梳理好,并将自己的脸紧紧贴在凤香脸上。凤香转过脸柔情万分地说:"志新,我们快结婚吧!这样下去把人都熬坏了。""那就亏待你了,新房只好安在知青点。""只要跟你在一起,住那儿我都开心。"心里话说清楚了,情感也释放了,两人手扣着手往回走,月光更明亮了,沙枣花的芬芳紧随着他俩身影荡漾,一路散发着醉人的清香,两颗紧贴在一起的心装满了星辰……

就这样,二十二岁的裴志新娶了二十岁的李凤香,知青点腾出了一间土坯屋作为他俩的新房。裴志新花了 5 元钱买了一张芦苇炕席、8 元钱买了条棉毯、75 元钱买了一对红漆木箱;他还把树根锯成板,自己做了一对小板箱,用以放书;又用土坷垃和土炕面砌了一张土写字台,上面盖了一块蓝布子,压了块 3 元钱买的平板玻璃,靠窗的一边放了许多日常学习的书籍,给小屋增添了一缕书香味;炕上铺的一条羊毛毡是李凤香父母亲手赶制的,是娘家的陪嫁品;李凤香又尺了些布和婆婆寄来的被面缝制了两套被褥,裴志新就这样完成了自己的终生大事。当时,裴志新娶了农家女李凤香可是一条大新闻,不少远隔几十里的杭州知青前来祝贺,大家为裴志新扎根宁夏的举动表示由衷的钦佩和深深祝福。但也有人断言他俩过不长……咸吃萝卜淡操心的预言家啥时候都有。

人们常说,恋爱是风花雪月,婚姻系柴米油盐酱醋茶。婚后,三个女儿接连出世,要吃,要喝,要人照看,生活的鞭子抽得两人喘不过气来。贫贱夫妻百事难,白天,李凤香把两个大一点的孩子锁在家中，自己背着小女儿下地干活；夜间，孩子们饿醒了，哭着要吃，李凤香把黄豆炒熟磨成粉加上温水和少许白砂糖调匀后当奶喂她们。在艰辛的岁月里，两人互相体贴，相互照顾，家中没有争吵声，日子过得平静和谐。裴志新除了天天出工多挣工分外，还学会了纳鞋底、做衣服等活计，千方百计减轻妻子的生活压力。这样体贴的男人，妻复何求呢！就这样，两人风雨相拥走过了半个多世纪，更成就了裴志新"一粒良种能造福千万苍生"的平生宏愿。

裴志新调到良繁场后，一次南繁回来，见李凤香躺在床上，脸上不停地冒着大汗，他一摸妻子额头烧得厉害，二话没有，将妻子扶坐在垫着褥子的自行车衣架上，让她两手抱住车座，又为其从头到背盖了一条厚被子。待凤香坐稳后，裴志新一手攥紧车把，一手扶着妻子，赶了二十多里路来到县医院。经急诊室护士测量，体温高达40度，须住院治疗。裴志新办完住院手术后对大夫说："用最好的药，以最快的速度先把体温降下来，然后再做各项检查。"大夫笑着说："裴工，你比自己有病还着急。"裴志新说："她是我的领导，一大家子人全仗她呢，我能不急吗？"裴志新一边说一边瞅着妻子渐显沟壑的脸，抚摸着她老茧都磨平的粗糙双手，不禁热泪盈眶。裴志新在医院整整陪了妻子一天一夜。第二天，李凤香的烧退了，身体也舒服多了，她知道男人的心思在麦地，便鼓着让裴志新上班去，裴志新叫来大女儿陪床后才恋恋不舍离开了医院。

裴志新全身心扑在工作上，连上下班骑车路上满脑子还在琢磨着试验地的小麦，当时的乡村道路坎坷不平，好几次被路上的土坷垃绊倒，眼镜掉落在路上，他还眯着眼说："对不起"。可能世上献身科技领域，导致非痴即癫的拓荒者们都是这个模样吧！李凤香对来家看望裘志新的领导们说，我家老裘在外是英雄，到家是狗熊，一回家就累得倒在炕上。他在家尽琢磨育种的事，梦中还喊："麻雀来吃穗子了，快赶啊！"但平时却话很少，说得最多的是"对不起"三个字。

是啊！这三个字包含了裘志新对妻子满满的情愫和爱意，感谢她支持自己在自留地中搞育种试验；感谢她对自己获得塞上英才等各种奖金分配方案的理解，感谢她不收外人送来的任何礼品，更感谢她含辛茹苦把三个女儿拉扯大。一句话，感谢她对自己育种事业的包容、理解和支持。

用李凤香的话说："是我上辈子欠下老裘的，这辈子甘心情愿还账来了。"

夫妻相处到如此境界，可谓是甜蜜美满，忧如天上人间，用老话说，是前世修来的福。尤其当裘志新晚年因病卧床达四年之久，在毫无知觉的情况下，李凤香煎药熬汤、喂吃喂喝、端屎端尿，整整侍候了1500多个日日夜夜。久病床前无孝子，白天晚上操心费力，一般人很难做得到，但李凤香无一声怨气，把裘志新当刚出生的宝贝孩子照顾。随着李凤香年岁增加，身体也明显衰弱了，有关领导非常关心，在裘志新卧床最后一年，单位为他请了一个保姆，但李凤香嫌保姆照顾不尽心，又退了回去。一朝牵手，与此白头。裘志新是个有福之人，他的福源自李凤香，也有人说，李凤香是个旺夫的女人。裘志新与李凤香，虽系"三无"夫妻（无钱、无权、无势），但彼此心心相印，互相牵挂，相互体贴，终身包容理解，还有什么可奢求的呢？夫妻只要两颗心融在一起，其他都不重要了！

第四章　挑战春麦"芯片"

农业现代化，种子是关键。一粒良种蕴藏着农作物生长的全部密码，因此被喻为农作物"芯片"。种业是国家战略性、基础性产业，是保障粮食安全的决定性因素。

农作物"芯片"研发不比集成电路芯片容易，可谓九死一生：一是研发时间长，成功率低。在传统育种条件下，一个良种从亲本选择、杂交、分离、稳定、中试、生产试验、示范审定到大面积推广，至少需十年，且错一步误一年，多少满怀激情的年轻育种人至两鬓如霜仍毫无成果可言。二是研发条件极其艰辛。集成电路芯片研发均在高楼大厦内洁净恒温的实验室，身着白大褂、戴着医用口罩、按部就班地进行；而农作物"芯片"研发的实验室主要在大地，从春寒料峭到酷暑骄阳，从秋风萧瑟到冰封万里，育种人须经受住大自然的各种考验，并与时间抢跑，晴天一身土，雨天一身泥，不尽艰辛，尤其当自然灾害降临时，面对一片狼藉的试验地一切又须从头来过；育种人的职业表面看是光鲜的农业科技工作者，实际上从事的却是面朝黄土背朝天与地中刨食农民同样艰辛的体力劳动，且一步一坎，精神上要比普通农民承受更多的压力，少有人能长期坚持下来的。三是 1984 年国家颁布的《专利法》第 25 条规定，动植物品种属于不授予专利权的发明创造，仅生产种子的方法可获得专利保护。显然，即便新品种试验成功，研发者也不能申请品种专利，尤其是老一代育种人连生产种子方法的专利保护权也未曾享受到，他们一身不停地种、不停地配、不停地试、不停地选，直到试种六代以上才能基本确定其特性。即便熬到这一步，其成功与否还是未知数。99% 的育种人收获的只是汗水、泪水和血水。因此，育种人须有淡泊名利的家国情怀，吃苦耐劳的坚强意志，十年磨一剑、耐得住寂寞坐得住冷板凳久久为功的顽强毅力。一身集如此多重优势的育种人自然少之又少，九死一生的断言也就不难理解了。但这正是裘志新八年农村生活磨炼出来的比较优势，也是敢挑战春麦"芯片"的最大本钱和底气，他义无反顾地走上了这条不归路！

为育种而生

2021 年 12 月 24 日，《杭州日报》刊发了悼念裘志新的文章："一生只为良种来"。似乎裘志新的育种事业在冥冥中早已被上苍安排好了。

裘志新务农八年，琢磨的是如何当好一个有文化、有知识的新型农民，从未有不切实际的想法，况且自己已成家，又有三个孩子，即使有抽调名额也鲜能轮上自己。裘志新此时尚不清楚，在他试制土化肥、引进公交稻及在胜利公社当农民技术员时，就有人注视着他，其一举一动早被盯上了，此人就是永宁县良繁场场长伍光义。

伍光义特意到全县农民技术员培训班去听课，亲自考察裘志新的一言一行，从自己眼中和别人口里了解到裘志新是个可塑之才，正是自己要找的人，必须把他弄到良繁场。一九七三年三月初，裘志新被"挖"到县农业局所属的副科级事业单位——永宁县良种繁殖场（简称良繁场）工作。伍光义让他负责小麦繁育工作并兼任场团支部书记（后又兼任县农业局团总支书记），与先去的在通桥公社下乡、被乡亲们誉为土专家的杭州知青徐培培同为月工资 36.5 元的农工。裘志新感悟到自己再一次来到了人生岔路口，在接到抽调通知书当天晚饭后，他披上棉衣独自去村边的沙枣林转悠。此时，队上的小麦还没播种，树叶尚未吐芽，四野十分静谧，但裘志新内心犹如十五个吊桶在井中打水，颇有七上八下之感。他从科技人员嘴里与相关书籍中得知育种是九死一生的营生，成功概率相当小，加之自己家庭成分高，一旦出事容易被人抓辫子，自己已是三个孩子的爹，非当年光棍一条、一人吃饱全家不饿的时候了，一旦出了差错，孩子们也跟着受牵连，试错成本太高了。因此，到良繁场后的路究竟怎么走，必须想清楚，谋定而动。他认为，自己到良繁场有两种处事方式：一是低调做人，踏实工作，凡事不出头，少惹事，一切顺其自然，做一个挣钱养家的好丈夫，工资虽然微薄，就当时的物价水平和李凤香过日子的精细劲，全家人混饱肚子应没啥大的问题，天下大部分男人都是这么过来的，是一条十分稳妥的做人之道；二是以良繁场为平台，主动作为，大刀阔斧干一番事业，实现人生价值。他也明白出头椽子先烂的道理，这样做，必然在政治、社会、人际关系上会冒一定风险，一旦试验失败白白糟蹋了公家的钱和籽种，也确实无法交代，很可能连现在的工资待遇也保不住了，打不着狐狸反惹一身骚，确需仔细掂量好。但真按第一种方式行事，他心又不甘，八年农村生活好不容易争取到一个做事平台，如果混天渡日，不仅有悖于自己来宁时立下的诺言，也愧对父母的养育之恩和师长们的悉心教诲，更对不起永宁县各级领导和社员群众对自己的信任，自己一辈子是白活了。正当他志忑不定时，天上一颗流星闪烁而过，裘志新凝视着太空中留下的耀眼光束，颇为惊叹的自言自语道："天遂人意啊，老天爷也鼓励我让生命发光。"他进一步深思，大凡成功者皆具过人的勇气，走路也有栽跟斗的时候，为怕摔跤难道连路都不敢走吗？世上做任何事都有风险，只是程度不同而已，只要一切出以公心，尽己所能努力工作，即便出了事，相信领导和同事中的大多数也会谅解的。就算事业没做成，也给后人留下了教训，成功与否皆如流星那样会留下一束光。再说，我努力了，对得起自己，没白来良繁场一趟；我付出了，也对得起伍场长的知遇之恩。想清楚后，他深情地望着身边一颗颗鳞片状且七歪八扭的沙枣树，感叹道："人的意志力啊，真不如沙枣树顽强，它风沙险境全不怕，盐碱贫瘠照成长，虽外表丑陋，但浑身是宝。"他拍着一颗沙枣树杆愧疚地说："老伙计，还需向你们学习啊！"

当时，不少知青被抽调到银川、石嘴山等城市的工矿企业工作或到县乡学校从事教书育人的高尚职业。望着一拨拨同伴们兴高采烈的离去，守着日益空旷的知青点，裘志新无任何沮丧之感。恰在这时杭州市有关部门给他家分了一个可抽调回去的指标，但他考虑到自己的事业在宁夏便毅然放弃了，同伴中有人说他犯"傻"。队上也有人背后说他神经有毛病，面前自有千条道偏要走育种这座独木桥，戏称裘志新到良繁场是离队不离田，忙乎了八年，仍是两腿一脚泥的种田人。裘志新欣然答道:"人各有志,好吃不如爱吃,我就好种田这一口,一粒良种能改变天下种田人的生计,到良繁场搞良种繁殖对我来讲是比干什么都心仪的营生,我已做好了终身在良繁场搞育种的思想准备,这辈子一定要为大伙儿培育出高产良种来,让乡亲们过上好日子。"自己的态度亮明了,多嘴的人自然也就没了市场。

永宁县良繁场位于 109 国道(京藏公路)永宁境内小观桥以东,汉延渠顺着该场西侧北上,春、夏、秋三季都能听到渠水哗哗的流淌声。公元前 127 年,西汉军队大破匈奴,收复了河套地区,汉廷募集 10 万移民进入该地区。公元前 119 年,汉朝政府又将 70 万关中人迁徙到此。汉武帝时,兴起了开发水利之风,"引河(指黄河)及川谷以溉田,"开凿了汉延渠,并创造了将大石块扔进黄河流经的渠口处,抬高水位,修筑长堤,引水入渠,被称为"激河"的开渠新技术。水渠开通后,银川平原的农业发展起来了,越来越多的移民带来的不仅是水利技术、农业耕作技术,还有大量的农作物种子及农田管理技术。裘志新在此研究小麦"芯片",似乎是老天爷故意安排他来赓续先民的农耕文化。

渠东侧红砖围墙环抱的院内几栋低矮平房,是场办公室,约 50 亩试验田分布在围墙外,院内种着国槐、松柏和龙爪树,一派田园风光。但该场对年轻人成长来讲有两项短板:一是行政级别太低,有仕途之心的人不屑一顾;二是该场非专业的育种机构,只是对别人研发成功的良种繁殖推广,缺乏育种专项科研经费保障,更无专业的实验室。这对有心于育种事业的同志来讲,也是巧妇难为无米之炊,加之良繁场工作辛苦熬人,故先前分来的大中专毕业生基本走光了。当时，良繁场仅有伍光义场长和中专毕业的中年技术员张庭儒两人。这也是伍场长顶着政治风险，不惜抽调两名家庭出身不好，但志在良种育繁的杭州知青来场工作的缘由。欣喜的是裘志新、徐培培没辜负伍场长期望，硬是让鸡窝里飞出了金凤凰，小单位捧回了国家级大奖，为古老的汉延渠增光添彩，让这块绿色黄土地重新焕发了青春。

古人云，工欲善其事，必先利其器。在别人眼中，两名农工要挑战大自然，研发春小麦"芯片"，实乃天方夜谭。裘志新更清醒地认识到，欲要有所作为，须先提升自己、挑战自己，敢于向自己开炮。裘志新到良繁场后，起早贪黑，处处走在前头，在小麦繁殖试验田里，几乎天天能看到他的身影。为节约时间，中午他不回家，有时用土块垒个灶支上锅下一把挂面当午餐，争分夺秒探索小麦生长密码。裘志新还不断解剖和反省自己，他明白，插队八年，虽然相关农作物都护育过，但皆是凭感觉和经验从事，属粗放型农业的耕作方式，只知其然不知其听以然，缺乏系统的专业知识指导下科学种田的理念和方法。要适应新的工作，使良繁场早出良种、多出良种，只有自觉充电，在提高专业素养基础上，刻苦钻研、弄清原理，把握规律，明白事物的来龙去脉和国内外小麦育种事业的发展趋势，抓住目前本地区麦种工作面临的主要矛盾并予以突破，培育出新一代良种，方能超越前人。为此，在干好本职工作的同时，他利用业余时间恶补专业知识，系统自学了农业大学相关专业的种子学、土壤学、农作物栽培学、肥料学、细胞基因学、气象学等专业知识和国内外大量的有关资料，做了近百万字的读书笔记。多少个不眠夜晚，他都是在家中昏暗的灯光下度过的。一晚上，眼镜的镜片被嘴上呼出的热气不知模糊多少次，他毫不在意，擦净镜片继续苦读；书看得头昏脑涨时，就用冷水洗脸清醒头脑后再接着学。一个人最大的能力是学习能力。功夫不负有心人，刻苦努力的学习使他较快地突破了育种领域众多认知盲区，掌握了许多育种前沿科技知识，拓宽了视野，改变了思维方式，使他更高效地投身于育种工作，成为良繁场的业务骨干和场长的得力助手。经过近4年的不懈努力，他与团队一起育成了永良4号（后改称为宁春4号，详情见后面章节）春麦良种，并获得了自治区级奖励。1981年，他被提任为良繁场副场长，转为国家正式干部。有了这些基础，他以全自治区第一名的成绩考入宁夏农学院干部专修班，边工作边学习。

宁夏农学院位于永宁县城西南，是在原宁夏农校基础上改造而成。学院硬件较为简陋，教室等设施以昔日所建的青砖平房为主，鲜有高楼，更无大厦，但经过前辈们二十多年的悉心耕耘，院内规划布局颇为合理，环境也十分宜人，院墙四周的白杨高耸入云，道路两边的侧柏郁郁葱葱，教室周边花团锦簇，围护花坛的小榆树修剪得整整齐齐、青翠欲滴，尤其是校园后面实验地种植的各种农作物生长旺盛，整个校园掩映在万绿丛中。夏日夜晚，蛙声此起彼落，蟋蟀低声鸣唱，稻田中游鱼跳越，麦浪随风摇曳，是学子们耕读修身的理想之地。从1965年高考落榜到1983年重新考入宁夏农学院，裘志新在大学校门外整整等待了18年，从满头青丝等到两鬓花白，从18岁的青年等到36岁的壮年，从西子湖畔等到大西北腹地，从单身一人等到三个孩子绕膝，故裘志新十分珍惜这次难得的大学生活。入学第一天，圆了大学梦的裘志新身着一套崭新的纯白色运动服，左胸前别着白底黑字宁夏农学院校徽，意气风发第一个来学校报到，开启了他并不年轻的大学生活。他严守学校的规章制度，几乎每天都在晚自习结束后才骑车回家。由于乡间道路没有路灯照明，加之眼神不佳，路面又坎坷不平，二十多里的夜路使他经常被坑坑洼洼绊倒。因他一边工作一边学习，到家后除预习后期课程外，还要考虑次日工作，每天披星戴月、宵寝晨兴，一心两用，甘苦备尝。尤其是每遇考试时，为做到万无一失，他干脆通宵达旦，全部课程从头到尾再认真复习一遍，毫不侥幸，志在追求卓越，使自己学到的知识能融会贯通，进一步系统化。

经过两年苦读，他又以第一名成绩毕业，走出了大学校门，完成了从一名农工到育种专业科技人员的蜕变。进校和毕业考试均取得第一名，老师和同学们感叹说："裴志新对农学特别有灵气，一看就会，一学就懂，一考就优，天生是务农育种的料。"裴志新听后，微微一笑回答："世上哪有天生之才，只有勤奋出天才。大家想过没有，我们是十亿人的大国，按每人每天平均吃一斤粮测算，一年就要吃掉三千多亿（斤）粮食，加上饲料用粮、工业用粮、其他用粮等，每年大约要消耗七千多亿（斤）粮食，如果一亩地平均产粮400斤，共需20亿亩耕地来支撑。改革开放使城镇化快速发展，耕地减少是必然趋势，一旦遇到大的自然灾害，世界上没有一个国家能补上我们这个大窟窿，即使风调雨顺每年还需进口大批粮食。我是经过三年困难时期的人，尝过挨饿的滋味，真的不堪回首。要解决这一难题，唯有培育出新的优良品种，提高单位面积产量，做到耕地减少粮食反而增加的良性发展效果。因此，良种的重要性可见一斑，它在农作物丰产中占百分之四十以上的份额，我们别无选择。然而，良种研发过程又苦又累又熬人，需十年磨一剑久久为功的毅力和意志，是我们学农和从事农业科技研发人员的天职。我作为专职搞育种的，每想到此，便揪心不已，夜不能寐，只好起来看书学习，我是被时势逼的。知识可以融会贯通，书看多了，加上多年务农的实践体会，理解问题的能力就强了，做题也快了。我此生的目标是与团队一起争取培育出大地平均亩产超过 600 公斤，规范种植破 800 公斤，试验田达 1000 公斤的超级麦，现在离这个目标相差甚大，路漫漫其修远兮，我怎能不着急、不钻研、不奋进呢？这就是我学习的动力和考试成绩好的主要原因。"裘志新实实在一番话讲得教室内的同学们鸦雀无声，大家深为这位育种人的使命意识和对事物认知的高度所感动。正当他即情演说结束时，一阵狂风由西刮来，同学们急忙起身去关闭窗户，天上很快乌云密布，一阵闪电雷鸣后，窗外淅淅沥沥下开了雨，裘志新担心正处于扬花期的小麦试验地，他大喊一声："坏了"，便不顾同学们劝阻飞快冲向雨中，跨上停在教室外的自行车，疾速向场试验地赶去。风越刮越大，雨越下越紧，米粒大的雨点从天而倾，也似乎下在同学们的心田，大伙儿贴着玻璃窗望着裘志新顶风冒雨伏车前行，并从大家视野中逐渐消失的背影，进一步明白了作为一名育种科技人员肩上扛着的责任和使命。

夯实基础

裘志新与徐培培调入良繁场，增添了良繁场的有生力量，使该场步入了快速发展轨道。场部决定在研究方向上实施转型，自己培育良种。裘志新十分赞同领导这一决策，他认为科研机构本质上讲

就是创新机构，繁殖推广别人培育的良种鲜有创新意义，最多只能
称复制，体现不了良繁场的价值。育繁场与良繁场虽一字之差，但
科研方向、工作重心、工作难度却发生了质的变化。当时良繁场转
型的资金、技术、人才、科研设施等基础性条件均不具备，一道又
一道难题摆在年轻的育种人面前。所幸的是大家的认识高度统一，
人人憋了一股劲，都想通过做些有创新意义的事来改变单位的发展
现状，上下一拍结合，从此，出良种成了良繁场生存发展的硬道理
和工作的第一要务。当时，裘志新虽不是良繁场领导，但他能换位
思考，善于从领导的角度来考虑问题，思路决定出路，屁股决定脑
袋，从而使他的工作体现出超前性和系统性。这一思维方式也为他
日后走上领导岗位奠定了基础。裘志新认为，良繁场要实现转型，
先须夯实育种的基础工作。育种的基础工作本身就是一个系统工程，
牵一发动全身，涵盖提升育种人员素质、精准育种方向、优选亲本、
杂交组配、后代选育等育种前期工作，缺一不可，且每一步均要追
求卓越，每一项工作力求做到极致，否则有可能前功尽弃，后续工
作也白忙乎。裘志新在提升自己素质的同时，又清醒认识到，要研
发出超越前人并经得起长期实践考验的优良品种，绝不是一项简单
的工程，更不可能一蹴而就，需从头开始，从最原始的工作做起，
尤忌急功近利的肤浅作风。知史鉴今，首先要下功夫摸清宁夏麦种
变革的历史，认真总结目前主推麦种的优点和缺陷，聚焦新育良种
需解决的主要矛盾和矛盾的主要方面，吸取世界育种经验，站在前
人肩膀上，运用现代科技思维，精准育种方向。在此基础上优选亲
本、做细做实杂交组合并选好后代，直至培育出新一代良种。他的
认知得到了领导和同志们的认可与支持，说干就干，他与团队成员

先后赴全县各公社和自治区、银川市及本县的相关部门调研，向农民请教，向专业人士求教。经过深入实际的调研，大家掌握了宁夏川区麦种变革过程和现行小麦当家品种斗地1号的优缺点：宁夏麦种解放初用澳大利亚碧玉代替当地白秃子品种，亩产从百十斤增加到250斤左右；二十世纪六十年代中期又用意大利阿勃替代碧玉，亩产提高到350斤左右；七十年代初，宁夏小麦育种专家赵仲修成功培育出斗地1号系列新品种，亩产达到450斤左右，成为宁夏小麦的当家品种，完成了第三次麦种更新。斗地1号的优点是幼苗长势旺盛，穗大粒多，籽粒饱满，出粉率高达85%，且面白质好；缺点系植株高，叶片宽肥，易倒伏，不适合间复套种，亩收获穗少，群体丰产性差，产量低。农民期盼产量更高、综合性状更优的新一代小麦良种。经过实地调研，年轻的育种团队精准了育种方向，即培育出旨在提高丰产性、广适性、稳定性且品质优良的第四次小麦更新良种，造福麦农。

接下来是优选亲本。亲本指拟育良种的父本与母本，是决定新育良种的种质、性状和产量等关键之举，也是育种基础工作中最重要环节。年轻的育种团队是幸运的，不仅遇到了知人善任的伍光义场长，而且碰上了不少乐于助人的好老师，好伙伴。正当他们为收集培育宁夏第四次小麦更新良种亲本犯愁时，宁夏农科院农作物研究所主任杨国璋将刚收集到的6个世界著名墨西哥中矮秆小麦良种给了他们一部分，其中包括宁春4号母本籽种索诺拉64；同为杭州知青的吴宣文由于提拔到领导岗位无法再从事育种工作，便将自己收集的宏图良种（系斗地1号的姊妹种）及相关育种资料全部给了他们；育成斗地1号和宏图的宁夏小麦育种专家赵仲修老师（时任宁夏农科院农作物研究所副主任）更是不厌其烦地给登门求教的裴志新解疑释惑，并经常骑自行车去良繁场试验田察看苗情，及时指出存在的问题，使年轻的育种团队少走了不少弯路。

　　裴志新、徐培培得到了上百个拟作亲本的籽种后，昼夜工作，反复比较鉴别这些拟作亲本的种子性状、遗传基因、父本与母本的互补性等情况。多少个夜晚，他们是在办公室灯光下度过的；多少次睡眠中，裴志新还做起为选到主干亲本兴奋不已的美梦。按照亲本选定的原则和宁夏的实际情况，裴志新认为，新品种要解决的主要矛盾是提高单位面积产量，根据世界育种经验，要使新品种实现产量突破，须把入选亲本的产量构成基因作为着力点，尤其要研究在保持单穗粒重的基础上降低株高，把株杆和叶片吸收的营养转移到穗粒上，以此来提高亩产穗数。并在保持较高的穗粒重和籽粒品质基础上，进行系统考量，统筹兼顾，使杂交后代的丰产性、稳定性、适应性、优质性等性状有机结合在一起，培育出中高秆向中矮秆、中产向高产转变的良种；在杂交后代选择上，以株高80—85厘米为宜，且幼苗长势繁茂、发育稳健、茎秆粗壮、株间紧凑、叶功能好、穗大多花、抗锈、抗青枯、抗干热风，籽粒大而圆、饱满、品质好，尤其要将籽粒状况作为最重要的考核指标。在认识一致的基础上，大伙最终选定以墨西哥索诺拉64（为母本）与宏图（为父本）作为新育良种主干亲本进行杂交培育。理由是：索诺拉64是世界矮化育种——绿色革命的成果，它的亲本组合是雅克坦那农林10号与布瑞沃亚奎54，遗传背景十分丰富，其中农林10号是有两对矮秆基因的日本品种，系世界著名矮源。索诺拉64株高80—85cm，抗倒伏力强，株型紧凑，亩成穗数多，穗大花繁，丰产性好，较抗锈、粒红、质硬，被不少国家作为亲本利用，其缺点是籽粒较小，后期落黄不佳，面粉色质欠白。宏图是斗地1号的姊妹品种，其亲本组合是阿勃与碧玉，分别来自北欧和澳洲，优点是早熟，落黄好、粒大，缺点是植株高、易倒伏、穗粒数少、整体丰产性欠佳，但宏图的亲本阿勃和碧玉在宁夏种植推广多年，已被驯化，对宁夏及周边地区的气候、土壤、栽培条件具有良好的适应性。索诺拉64与宏图杂交，可做到优势互补，抵消各自缺点，传承双方优势，为今后育成的新品种承续了良好的遗传基因，奠定了丰产与综合性状好的基础。这是年轻的育种团队在培育宁春4号漫长征途中迈出的关键一步，欣喜的是他们迈对了。这既是他们舍得下功夫，深入研究，科学分析对比的结果，又是大家团结奋战的集体智慧结晶。但有人说他们运气好……

伍光义是位既务实又放手的好领导，当裘志新将选定的杂交主杆亲本结果向他汇报时，他憨厚的脸上大嘴一咧，笑着说："我也不太懂育种理论，但我相信你和徐培培都是干事的人，认准的事就大胆干，出了事我负责。我只要求你们注意休息，保重身体，千万别累趴下了。"

对有志于育种领域的创业者来讲，领导开明是最好的服务和最有效的工作方式，既可使育种人的思路天马行空、纵横驰骋；同时也促使年轻人谨言慎行，从长计议，自加压力、笃行不怠的去勇攀育种高峰。人们常说，千里马常有，伯乐不常有。伍光义是裘志新和徐培培的伯乐，没有伍光义，裘志新和徐培培到不了良繁场；没有伍光义，年轻的育种团队不可能如此快速的培育出宁春4号春麦良种，他们永远感激伍光义。

一粒良种能造福千万苍生

　　育种主杆亲本确定后，接下来是试种，进行组配杂交。素以亲力亲为著称的裴志新充分认识到这一步工作的重要性，绝对不能出任何差错，须慎之又慎、细之又细，朝着育种目标谨慎前行，摸着石头过河，对育种材料须从播种、出苗、灌水、拔节、抽穗、去雄、扬花、杂交至选穗、收获、保管等全过程每个环节的变化情况随时、随地认真观察并记录在案，越仔细越好，一旦出了问题也好追溯，确保万无一失，一炮打响。为此，有心的他考虑到场试验地离家远自己可能照顾不周，又担心场试验地参与育种的人多，手工操作易出差错，为防万一，他决定在场试验地播种的同时把自家半亩自留地当试验田，从头到尾、自己把控、亲自试种，但此事必须征得妻子的同意。这时的李凤香已是三个女儿的妈，生活十分艰辛。当李凤香获悉男人欲将自留地当公家育种的试验田时，开始说啥也不同意。土地是农民的命根子，庄稼人把土地看得比天大，千百年来为挣得一块土地多少庄户人把命都搭进去了，这非农民自私和短视，而是生活所迫，当一个人连肚子都吃不饱，基本生存条件都无法保证时，谁又能高瞻远瞩不计个人得失，保持良好的自我修养呢？因此，对一个地里刨食的农民来讲，没有一分钱补助，甘愿无偿把自家自留地作为公家育种试验地需有多大的勇气。李凤香对老公说："半亩自留地若种蔬菜够全家吃一年了，如用作育种试验田，种好了是公家的，你只落个名气；失败了，是你自个愿意，公家不予补偿，领导也不满意，到头来里外不是人。无论种好种坏，咱家的自留地再不能种菜了，你想过没有，孩子们正处于长身体的发育阶段，如果连菜都吃不上，对她们的健康影响将是终身的，今后的日子怎么过？你一个大男人为工作早出晚归不顾家我认了，为维护廉政纪律平时连场里种植的葱一颗也不朝家里拿这我也忍了，这回你不考虑我的感受和孩子们的生活，居然把自家自留地为公家搞试验是明摆着是吃里爬外的勾当，你是诚心想拆散这个家呀！"说完，素来坚强的李凤香哭得像个孩子似的，三个女儿呆呆地站在屋角，恐慌极了。裴志新非常理解妻子的愁思，但仍十分严肃地说："一粒良种能造福千万苍生，这是涉及千家万户老百姓利益的事，你不能光为自己考虑，忘了国之大家，平时我听你的，大事你必须听我的。"李凤香一听火更大了："我是为自己考虑吗？难道让三个孩子喝西北风去？是三个孩子重要还是你的育种重要？今天你给我说清楚！"这是婚后他俩唯一的一次争吵。裴志新也上火了，脸涨得通红地说："育种工作关系到千千万万老百姓，比什么都重要，只要能为天下苍生培育出好良种，我的命都可以不要，何况家呢？你同意我也这么干，你不同意我还得这么干，你是我最亲的人，连你都不支持，我拼着命工作还有啥意思？干点事业为啥这么难啊！"话未说话，裴志新也趴在桌子上抽泣起来。李凤香从未见男人如此伤心过，心里也毛了，她停住了哭声，拿了块毛巾把裴志新脸上的泪擦净了说："嫁鸡随鸡.嫁狗随狗，我认了，你是一家之主，你说咋办就咋办，我不跟你争了。"顾大局的妻子尽管心存不甘，最后还是服从了男人的决定。从此，李凤香明白，在男人眼里，育种的事比天大，是在为天下苍生造福，比家和孩子宝贝。此后，在裴志新几十年漫长育种征程中，她以男人的意见为准则，再也没耽误过任何事。尤其在南繁时，裘志新每次说走就走，且一走就是一个多月，李凤香从未阻拦过。妻贤夫自良，这再次验证了家有贤妻是男人事业成功的基石这一古训，往往是贤惠明理的女人成就了男人。裘志新把半亩地深翻细磨、挖沟起垄，为便于亲本间互相比较和选育，在施上农家基肥后，他种上了索诺拉 64 与宏图等共 36 个亲本组合，待出苗后又及时灌水松土，一切做得比护育女儿还仔细。每天鸡一叫鸣就到田间细心察看幼苗长势，清除杂草，尺量生长情况，并详细记录在案；下午良繁场下班后，他又急急忙忙赶到自家的试验地忙活，直到夜幕降临才回。到家后，他顾不上吃饭，先写育种日记，把每天育种情况整理并详细记载下来，以备后查。在他悉心照料下，自家自留地试种的麦苗壮实喜人，苗叶墨绿滴翠。小麦是雌雄同株同花，杂交是一项较为烦琐复杂的工作，时间紧、程序多，需经整穗、去雄、采粉、授粉等几大步骤，其中整穗的目的是按要求去劣存优，选择发育良好、生长健壮的麦穗；去雄指在小麦抽穗时将母本中的雄蕊全部去除干净，并立即套上透明纸袋隔离，以防其他麦种花粉与培育的良种天然杂交，同时挂上标牌，注明母本名称、去雄日期、操作人姓名等；采粉指采集父本花粉；授粉指到小麦扬花时把采集到的父本花粉适时授予母本花蕊中。至此，才走完杂交全部程序。裘志新按要求在小麦抽穗时细心将母本穗中的雄花去净并套袋隔离。扬花时，他又顶着烈日，将采集到的父本花粉授到母本花蕊中，脸和胳膊被小咬和蚊虫叮住不放，他也全然不顾，专心致志把花粉授完。七月初，麦子成熟了，麦穗在阳光照射下闪烁出粒粒金光。通过用放大镜实地比较，裘志新在 36 个亲本组合中，优选了籽粒饱满的索诺拉

64 与宏图杂交麦株的 11 粒单穗籽种，脱粒后又小心翼翼地将它们装入一个牛皮纸信封，对折后再用曲别针别紧，放进了贴身口袋。当时，谁也未料到，正是这 11 粒种子和场试验地精选出的其他索诺拉 64 与宏图杂交的优良籽种成就了宁春 4 号，日后成为千万亩春小麦种植四十年不衰的当家品种。这时，太阳下山了，裘志新遥望被晚霞染红的贺兰山巅，内心充满了幸福感，那是辛苦一百余天的收获味道，也是把种麦人希望全然扛在肩上的责任担当，更是完成新育品种起步工作的喜悦感觉。他没急于回家，而是急忙骑车往场里赶，去向首批承担南繁任务的同志交付自己培育的 11 粒籽种并为他们送行，祝愿他们一路平安，顺利开展南繁工作。

第五章　坚持创新之路

北育南繁寓新意

育种工作，本质上讲是一个系列的创新过程。创新主要指为满足经济社会发展需要，遵循事物发展规律，提出有别于常规和常人认知而进行的理论与实践变革，并取得实实在在的经济和社会效益，终极目的是造福苍生。随着我国经济社会发展，创新已上升为国家战略，是推动国家经济社会发展的不竭动力。从严格意义上讲，创新是理论与实践相结合的一项系统工程，它既是一个过程，更是一种结果，并非提出一个新观点完事，也非浅尝辄止，而须经过锲而不舍的艰苦努力，即百分之一的灵感加百分之九十九的汗水，直至取得实实在在的效果，方谓创新。这一过程宛如大海捞针，绝大部分时间和精力都在试错上，成功的概率很小，所付出的代价却甚大，需翻越的高山险峰之多，是常人无法想象的，其难度也在于此。裘志新团队育成宁春 4 号的过程可称之为育种全过程创新。早在 F0 代播种后，裘志新、徐培培、张庭儒等团队成员通过学习研究国内外大量小麦育种书籍和论文受到了很多启迪，受世界农业绿色革命中提出的穿梭育种模式启发，他们提出了北育南繁一年三代的育种新路径。大家认为，按照当地气候条件和传统耕作方法，宁夏一年只能种一茬麦子，不仅良种培育时间长，且中间不确定因素多，成功概率非常低。要利用我国南北方气候差异，跳出宁夏去繁育杂交后代，更要大胆突破一般育种单位每年只在海南或云南繁殖一茬的固有做法，探索每年永宁小麦收获后即赴云南，云南收获后再赴海南，实现一年三茬，并喜称为永宁春播、云南秋种、海南冬繁的育种三部曲。大家依据三地气象资料算了一笔时间账，当年杂交籽粒后代（也称 F0 代）永宁收获时间是 7 月上旬，能赶上云南 7 月下旬的夏种，11 月云南秋收后正赶上海南冬种，次年 2 月份即可收获 F2 代麦种，又不误永宁三月份春播，如此循环往复，变原来一年一茬为一年三茬，按常规育种程序宁夏需 12 年的育成时间有望 4 年便能完成。显然，年轻的育种团队对南繁的内涵进行了大胆变革，走出了一条创新路径。尤让人期待的是宁夏与云南、海南三地间隔距离远，气候、土壤，生态环境变化大，一旦培育成功，又增加了种子的广泛适应性。难点是时间紧任务重人太辛苦，但只要发扬万水千山只等闲的红军长征精神，走好我们育种人自己的长征路，就能取得成功，把不可能变成可能，将迷茫转化为希望。这一创新思路是年轻育种团队集体智慧的结晶。

当裘志新赶到场部，取出他收获的 11 粒种子时，伙伴们显露惊讶的目光，这 11 粒种子，粒大饱满，色红、质硬。大家又把场试验地收获的种子，挨个再查看了一遍，首次带往南繁的是近百个组合杂交收获的 1027 粒单穗籽粒（含裴志新个人自留地上精选的索诺拉64 与宏图杂交而成的 11 粒籽种）。领导决定由张廷儒、徐培培执行第一次南繁任务，第二次南繁任务由裴志新带队，大家轮番出征，提升团队整体素质。张庭儒、徐培培表示，途中一定会保护好这批大伙儿忙乎半年的材料，宁可丢了钱，也不能把籽种丢了，这可是大伙的心血和希望。两人商定后天动身，学习伍场长，卧铺没有买硬座，晚上睡在硬座下面地板上，西安、成都中转也不停留，马不停蹄，保证 7 月 24 日前在云南播种到地，11 月上旬收割，11 月中旬在海南播种，明年 2 月收获后立马赶回永宁春播。张庭儒、徐培培两位干将的坚定决心赢得了全体同仁的高度赞扬。裴志新祝他们一路顺风，早传佳音，需要家里做的事尽管言出，我们做二位的坚强后盾。

　　一九七三年七月十日，是宁夏育种史上具有里程碑意义的日子，这一天宁夏小麦开启了北育南繁一年三茬优化育种新路径。当晚，张廷儒、徐培培二人怀揣 1027 颗籽种，提着简单行李，迈上了漫漫的南繁之路。他俩日夜兼程于 7 月 14 日赶到云南澄江，在该县小溪村生产队安下身，并租了三分地，自己挖沟起垄，于 7 月 20 日按计划播种到地。张庭儒在麦子出苗后即返场部工作，澄江南繁地剩下徐培培一人孤军奋战。他起早贪黑，通过精心培育，麦子长势良好。到 9 月份，试验田小麦陆续抽穗，他又不畏蚊虫叮咬细心完成了近百个组合的采粉授粉杂交工作。到 11 月初，麦浪随风起伏，穗粒饱满，眼看大功即将告成。但天有不测风云，在麦子既熟非熟的关键时刻，澄江却下起了连阴雨，且没有放晴的迹象。这时，徐培培处于两难之间，一切需凭自己现场决断。收吧，怕麦子不熟；不收吧，就云南的气候，麦穗极有可能在地里发芽霉变，让大家白忙乎一年。经再三斟酌，徐培培决定先收了麦子，再想法脱水。在这关键时刻，领导派来了永宁农技站的王兴帮同志前来澄江协助徐培培工作。他俩把收回来的麦穗分类贴上标牌，扎束悬挂在所住院子一间平房内的铅丝上，下面用木炭盆小心翼翼用小火烘烤水分。火盆须经常挪动，否则，时间一长麦穗有可能被烤熟，时间短的话水分又蒸发不干。他俩轮流值班，连续干了两天两夜，三分地的麦穗被彻底烘干了，成功收获了这批希望的种子。不得不说，在远离领导和场部的情况下，徐培培面对这次突如其来的自然灾害应对得如此从容和果断，即便身冠科技职称的正规农技人员也难以做到，充分展现了徐培培这位农工身份的育种人不可多得的良好素质，为及时收获永良4号F1代立了一大功。又经单打、精选后分别装袋，火速赶往海南三亚。两位年轻的育种人未来过三亚，只见三亚湾一片蔚蓝，海天一色，洁白的海鸥点缀其间，海面吹来略带咸味的阵阵凉风，风中还有水珠儿飘落脸上，沁入心田，一派浪漫风情，给长期在黄土地耕耘的年轻人带来了巨大冲击。但徐培培二人不辱使命，下了船便毅然离开了美丽的三亚湾，登上去崖县的长途车，当天在崖城公社第二大队第四生产队租了一亩多地进行了F2代的繁育工作，并免费住进了一户农家。海南的冬天即是旱季，麦子刚播种到地，就是不间断的抗旱引水，几乎抗到1974年2月麦收，尤其是完成了主秆亲本F2代选单株工作，经单收单打单装后又火速返回宁夏，赶上了永宁春播。

从1973年3月至1975年3月，连续两年的北育南繁，使索诺拉64与宏图杂交后代一下提高到F5代，至1976年夏天F7代定系育成，收获种子400g。这时，宁春4号的雏形已呈现在育种人面前，大家欣喜万分。那是一段激情燃烧的岁月，当时，裘志新团队没有一分奖金，领导也没增发一份加班工资，但同志们却废寝忘食，白天晚上连轴转，不叫一声苦，不喊一声累，也不分份内份外，一切围绕育种转，给大家留下了终生难忘的美好影响。裘志新日后在总结这段历史时激动地说："回过头来看，人确实是要有一点精神的，精神的力量是难以估价的。一个人无论身在何方、何时、何地，向善、向真、向好、向美、向上，团结奋战，开拓创新，为天下苍生造福，向崇高心灵行进，永远是人间大道。"

南繁，初听是一个充满无限遐想和浪漫的名词，但又有多少人知道南繁是一场苦战，一场硬战，更是一场相思之战。一茬小麦生长期约100天左右，加上路途和准备时间，两茬麦子，一年中200多天在外奋战，导致有家的夫妻分居两地，孩子缺少照顾；未婚的，让恋人翘首以盼，相思之苦写满了每个南繁人脸上。裘志新从事育种工作40年，参加南繁35次，历尽磨难、艰辛和困惑，内心的煎熬无法用语言能表达。

裘志新弟子李前荣回忆第一次与恩师南繁时的情景："那是2004年8月份，由于恩师要在家主持所里的全面工作，故我先出发。当月26日，我从银川坐火车到西安，再转车到云南元谋，没买上卧铺票（当时卧铺票极其紧张，车站售票窗口根本买不上），整整坐了47个小时，腿都坐肿了。到目的地后，住进了墙体开裂的破旧民居，当地鼠害猖獗，室内的老鼠上蹿下跳，如入无人之境，一到半夜，吱吱的打叫声，把我从睡梦中惊醒，让人无奈之极。裘老师是十月中旬到的。为防鼠害，他做了两只铁箱子放在屋内，一只盛小麦籽种，一只放炊具和粮食、蔬菜。当时，小麦快抽穗了，他让我们熟悉材料，准备杂交工作。他每天六点起床，将昨天剩的米饭加上水做成泡饭，用我们自种的萝卜切丝凉拌佐餐，匆匆用过早餐，便带我们赶在麻雀上班前（即早晨入地觅食前）到地中赶雀，并仔细观察每株麦子的生长变化情况，仔细尺量后并记录在本。由于长期低头工作，他患有严重的颈椎病，不时活动一下颈部。到十一点半左右，他又回住地给我们做午饭，十二点多来替换我们吃饭，他在地里值守，一直干到夕阳西下。晚饭后他又到地头巡察，谨防田鼠偷食。当地的田鼠身性狡黠，一到天黑便从鼠洞中贼头贼脑窜到庄稼地偷食，稍不注意便蹭一下窜到麦株上部，只一口便咬断麦穗噙在嘴中撒腿就跑，人根本无法撵上。为确保颗粒归仓，裴志新常常值守到半夜，每天工作十二小时以上。到小麦抽穗、扬花时，裴所长更是一门心思扑在杂交上，白天带我们去试验地整穗、去雄、套袋，授粉，夜间回到破旧民居立马整理当天采集的数据和各种信息资料，同时思考次日工作，一切为了不误农时，与时间赛跑。收割时，他亲挥镰刀，与我们一起参与龙口夺食之战，并精细的按每株穗长势情况单收单打，确保长势最佳的穗粒作为下次播种的籽种，熬得双眼布满了血丝。当时车站还没网络购票，裴所长又舍不得买飞机票，我们往返需倒几次车，因急于赶路有时连坐票也买不上。裴老师告诉我们，每节车厢最后两个位置一般是不卖票的，让我们早一点进站，去占这两只座位。为此，我们每次检票进站后，像打冲锋一样，飞奔着上车，为的是占上最后两个座，否则只能站到目的地。这就是旁人眼中所谓的浪漫南繁生活。"

　　1974年冬天，海南遭遇特大旱灾，连小湖泊也干涸了，火辣辣的太阳使试验地逐步干裂，烈日当空，老天没有一丝下雨的迹象，眼见青苗变黄面临渴死，一旦试验地的小生命夭折，近两年的辛苦白费了。在事关育种大业成败的关键时刻，裘志新果断决定去离试验地十多里路的大水塘人工挑水浇灌。他与一起去的同事每天早晨五点起身一直干到天黑，一条扁担两只水桶，一天往返几十趟，百斤重担压在肩上，豆大的汗珠直往下淌，两只肩膀都压肿了，嘴上一个劲喘着粗气。让人无奈的是，十多里担来的水刚倒入干渴的土地窨时就渗没了，下渗和蒸发的速度比他们挑水的时间短多了，但大家毫不气馁，一担担不停地挑，一桶桶不停地往地里灌。裘志新患有严重的腰椎间盘突出症，担子压得他全身成了佝偻，腰椎疼痛不已，几次被迫躺倒在地，但他没半句怨言和丝毫退却，稍躺一会便起身仍挑起两只大水桶负重前行。晚上，腰疼得他躺不平，他便将枕头垫在腰下，迷迷糊糊撑到鸡叫。天刚破晓，他又喊醒同伴，开始了新一天的抗旱工作。就这样，他们硬是坚持了二十一天，打赢了这场抗旱保苗战。1975年2月，如期收获了这批种子。

一次，在云南元谋南繁时，因雨后路滑，裘志新眼神不好，没注意，整个人不慎滑倒，大腿重度伤筋，脚无法负重踩地，倒在泥水地里起不来，徒弟李前荣看到心疼不已，非要送他去医院，但他死活不去，在泥水地中足足坐了1个多小时，才让李前荣搀起来，瘸着腿又走进了麦地。看着徒弟不解的眼神，他严肃说："眼下正是小麦扬花时节，是杂交的最佳时间，误了这一时间段，等于这一趟和前期工作全打水漂了。"在瘸了26天完成采粉、授粉、选种等紧要工作后，裘志新才去医院。大夫检查了他的伤势，感叹地说："从没见过为了工作而不把自己身体当回事的人。"裘志新就是这样一个拼命三郎。

裘志新深知宁夏属欠发达省份，地方财政十分困难，一分一角都是老百姓的血汗钱，绝不能随便挥霍。为节约经费，裘志新等育种人在南繁地总是租住最便宜的民房。他们租住的云南元谋县总括村农民的土房，山墙裂了一指缝，当永宁县领导来看望时，发现裘志新团队住在危房，眼圈都湿润了，命令他们尽快换到钢筋混凝土构造的二层民房中。在南繁地，裘志新团队自己动手做饭，田间的翻地起垄、播种收割，浇水脱粒从不雇人。没有检测仪器，他们将材料送到驻地科研机构求熟人帮忙化验，就连挂在麦穗上的硬纸标签，也用橡皮擦净字迹多次利用。没人叫他们这么节约，也没有任何规定要求他们这么做，这是裘志新的本性决定的。一年三茬育种，两茬在外，在外生活200余天，来回万余里，经费省了又省，他一次差旅费仅化了1108元。至1976年宁春4号历经F7代定系育成，整个育种团队总共才花了三万多元科研经费，让人无法相信和思议，开创了我国育种史上从未有过的投入少产出高的憾人事迹。于无声处听惊雷，这就是裘志新、徐培培等同志在育种征程中铸就的团队精神，是花多少钱也买不来的无价之宝。如果每个国家工作人员都这么想，这么做，那该有多好啊！"谁知盘中餐，粒粒皆辛苦"。"历览前贤国与家，成由勤俭败由奢"这些千古名句应成为每位国人，尤其是后生一代的座右铭。

众人划桨开大船

人与人的区别主要在于价值取向、思维方式、做事胆略及追求的目标不同。裘志新是一个爱把每件事琢磨透并敢想敢干、不达目标不罢休的人。早在宁春4号定系时，他就深刻意识到培育良种的目的是提高麦地单产造福麦农，但在现行体制下，如依据传统育种方法按部就班做，一个新品种从培育到推广至少需要十几年。要提高育种效率，尽快让科研成果转化为生产力，进而惠及麦农，只有大胆突破条块分割、铁路警察各管一段的体制、机制和众多的条条框框束缚，将农业（含国有农场和农村）、科研机构与政府部门形成合力，把育繁推捆绑成一体，大力压缩培育和各项试验时间，用时间、空间换效益，方能事半功倍。由于此事涉及部门利益，不是基层政府所能为，需自治区领导出面才有望统筹解决，裘志新只好等待机会。

北育南繁使宁夏一年一茬春小麦变为一年三茬，大大提高了育种效率。但因经费所限，南繁租用的试验地很少，收获种子十分有限，到1976年7月永良4号定系育成时仅收获种子400g。当年带往云南元谋扩繁，收获种子12kg，才基本达到中试条件。这种局面不破解，裘志新团队历尽艰难，跨越千山万水育成的新麦种，猴年马月才能扩种到大地惠及广大麦农呢？裘志新内心十分清楚，他若向高层领导反映，必然会得罪某些权势人物，给自己带来麻烦。但不反映，一年一年拖下去何时是个头？个人得失事小，耽误农民早日过上好日子事大，裘志新决心豁出去了。一次，自治区政府领导来良繁场调研，裘志新当着有关部门头头的面，实事求是反映了自己的窘况。他说："从目前情况和采集到的数据看，我们培育的永良4号是成功的，丰产性能相当好，但由于受资金制约，南繁租用的土地极少，收获的种子十分可怜，这种小脚女人的育种方式，严重延

86

误了育种的整体进度，大地何时才能种上我们培育出来的丰产良种呢？也极大地挫伤了育种人员的积极性。究其原因是管钱的不管育种，管育种的争取不到钱，这一机制不改变，麦农脱贫致富犹如水中月、镜中花，可见不可及。"裴志新建议，要改变科研人员千方百计往上跑，成天围着资金转，谁跑得勤谁得的钱多，谁无时间和精力跑，再好的项目也只能耽搁的传统办事方式；相反，应激励权力部门往下沉，多掌握基层情况，分清轻重缓急，将好钢用在刀刃上。如我们急需的南繁租地资金，财政部门可戴帽下达，专款专用，明确责任，谁出事谁负责，两个积极性总比一个积极性好。待种子问题解决后，还应突破条条框框束缚，采用多点中试并将生产示范，新品种特性研究，配套栽培技术研究等同步推进，充分发挥集中力量办大事的社会主义制度优越性，进而全方位提高育种效率。这样，到大面积推广时，我们手中既有良种又有良方，一切都提前准备好了，确保农民兄弟一开始种植就能收到良好效益。自治区领导十分赞同他的想法，风趣地说："跑部（步）钱（前）进的做法必须改。制度是死的，人是活的，活人不能让尿憋死，要用改革的思维来解决工作中出现的问题，不要等上面出政策，各相关部门要主动作为，多替基层考虑，多为百姓着想，如果一切依靠公文旅行等着上面画圈，黄花菜也凉了，还用你们干什么？良繁场提出的问题需尽快解决，谁家的孩子谁抱走"！裴志新的谏言很快奏效了，大多政府部门予以积极支持，1979—1980 两年，永良 4 号在宁夏灌区 18 个试验点种植，平均单产 419.5 公斤，比对照品种斗地一号增产 17%，比引进国外品种卡捷姆增产 12.3%，以亩产第一的成绩顺利通过了中试，团队成员欢欣鼓舞。

　　但就在这个承上启下的节骨眼上，各种不同频道的杂音如决堤之水朝裘志新团队袭来。人往往在涉及名利时易被人性弱点所左右，况且裘志新当着自治区政府领导的面，将了个别权势人物一军，而这些人只要使个眼色，负面舆论顷刻会甚嚣尘上，你还抓不住他丁点把柄。有人说，一个县属副科级单位欲博取天下良种的桂冠，实乃癞蛤蟆想吃天鹅肉，异想天开；也有人说，几个既无学历又无职称的农工敢冒天下之大不韪，妄图攀登育种界的珠穆朗玛，真是不可理喻；更有个别人欲一剑封喉："永良4号不抗条锈、又有红皮缺陷，不应批准生产性试验，更不拟推广……"听到这些言论，众多参与永良4号的育种人感到十分愤慨，百思不得其解。但裘志新却坦然处之，微笑着说："花红遭采，人红遭忌，没什么大惊小怪的，人的肚量是被委屈撑大的，任何经验都是教训换来的。这些杂音，表面看是坏事，其实促使我们更加谨慎工作，努力克服目前已育成籽种存在的短板，一步一个脚印去实现既定目标。人最大的敌人是自己，而非不同意见，对持不同意见者一要尊重，二要沉住气，不要影响自己的情绪，而要千方百计克服自身短板，永远记住谁笑到最后，谁才笑得最好。实践是检验真理的唯一标准，一切须凭数据说话，让事实来教育人，等最后的结果出来，再论是非高下也不迟。现在对再难听的话也不要理会，更不必在乎，这是社会常态。人生那能都如意，万事只求半称心，我经历不开心的事多了去了，咬咬牙就挺过来了，重要的是把自己的事做好，不断提升自我。永良4号才有未来，如果这点打击都不能承受，还搞什么育种。大家须明白，在小麦育种的漫长征程中，其实也是我们每位个体人格品性的修炼过程，这叫在改造客观世界的同时又改变了我们的主观世界，坏事反而成了好事。"裘志新一席话，统一了大家的认识，坚定了大家前行的意志，团队成员义无反顾地继续前进。关键时刻，永宁县委、政府领导大力支持，积极协调，并排除各种干扰，统一了各部门对培育良种工作重要性的认识，农、科、政逐渐形成了合力。1980年，永宁县政府委派县科委副主任兼县科干局长张文英为南繁工作队队长，带了从自治区争取来的十万元财政资金（扩大南繁用地租金）和十五位农科人员赴云南元谋，将南繁租地扩大到245亩，与裘志新团队一起辛勤耕耘，当年收获种子5万kg。张文英局长又亲自协调铁路部门，用火车皮将这批宝贵的种子运抵银川火车站。张文英不仅是位称职的基层领导，更是一位品德高尚，正派公道的科技部门负责人。原永良4号上报材料中研发人排序是张庭儒、徐培培、裘志新，待要申报自治区科技奖时，张文英认为，参与永良4号研发、推广的部门和人员很多，大家都有贡献，但要确认第一发明人是一件十分严肃仔细的工作，绝不能凭感情或论资排辈来决定，一切须凭证据说话，落脚点应放在科学研究这个核心点上。从事外联、争取资金、后勤保障等行政事务性工作固然也非常重要，但它与科学研究是两回事，应排除在外，不能稀里糊涂上报，一定要把好证据关，经得起历史检验。为此，他组成了一个考察组，通过深入仔细的调研考察，大家公认裘志新是第一研发人，理由是：一，只有裘志新拿得出永良4号培育全过程的详细记录和数理分析、整体思考及改进举措等整套培育资料，说明裘志新不仅参与了新种培育工作全过程，且在做真正意义上的研发工作；二，裘志新在自己家自留地种植和收获的索诺拉64与宏图杂交而成的11优良籽种是他一手培育的，没有第二人插手并首次带往云南繁殖。裘志新将育种工作与个人利益和全家希望捆绑在一起，促使他背水一战，潜心研究及时解决生长和杂交过程中的问题，确保培育成功，是名副其实的研发者。若论关系，张庭儒是张文英在农校上学时的同班同学，比裘志新的关系近得多（当时，他还不熟悉裘志新），但他还是将裘志新作为第一研发人，徐培培照排在第二，张庭儒调整到第三上报，在得到各级组织和领导认可后，他将排序调整结果及时通知了有关当事人。后来随着宁春 4 号发展，进一步验证了张文英当初关于人才认知和考察的精准。

此后，自治区政府又拨专款将南繁用地扩大至 1200 亩，收获种子 25 万公斤；1980 年全区示范种植 3000 亩，1981 年扩至 5 万亩，平均单产高达 529kg，为后期大面积推广准备了充足的种源，创造了良好条件。

有了充足的种源，自治区内外各种植单位对永良 4 号进行了广泛的各类生产性试验。宁夏莲湖农场种植的 3028.5 亩永良 4 号小麦，平均单产 476.31kg，比斗地一号增产 17.2%，亩增小麦 81.9kg，其中农 5 队种植的 110 亩平均单产 550kg，亩增小麦 155.6 公斤；内蒙古种植后，据典型调查比当地主推品种增产 10%—36%；甘肃武威、白银、张掖地区种植后比当地主推品种增产 7%—22%；新疆特克斯等地种植后比当地推广品种增产 10% 左右，最高单产达到 593.7kg。各地捷报频传，麦农的受惠面不断扩大，育种人的积极性更高了。

自 1976 年永良 4 号育成定系后，又历经五年，于 1981 年 11 月宁夏回族自治区农作物品种审定委员会第二次会议正式通过审定，将永良 4 号统一改称为宁春 4 号，决定在区内外大面积推广。裘志新拿到一张编号为"宁审麦8101"的审定证书时，万分激动，不由得热烈亲吻起来。是啊，八年多来，裘志新团队共配置杂交组合4526份，历经21个世代，跨越千山万水，认定证书中的每一个字都是裘志新团队和参与育种的全体成员用汗水、泪水和血水写成的。宁春4号审定通过后，宁夏引黄灌区当年种植五万亩；1982年，推广至30万亩；1983年提高至64万亩，审定后仅用两年时间就超过了宁夏原主推品种斗地1号的种植面积，完成了宁夏灌区小麦品种的第四次更新。历时十年，裘志新团队实现了育种初期设定的方向和目标。此后，宁春4号在宁夏的种植面积持续扩大，直至年种植200万亩（含山区水地）。至今，宁春4号仍是宁夏及春麦种植区的小麦当家品种。

随着外省（自治区）种植规模的不断扩大，宁春4号丰产性突出，适应性广泛，品质优良的三大优势进一步得到了实践验证：

丰产性突出，主要表现其产量构成的三要素均衡发展，相互协调，形成一个高值。宁春4号单种收获穗数一般在40万穗/亩左右，穗粒数28—32粒，千粒重45g（与斗地1号相当），但亩穗数一项比斗地1号多25%左右，故产量大大超越了斗地1号。

适应性广泛指宁春4号对土、光、温、水、肥的反应较迟钝，对外界环境变化表现出良好的稳定性，易于栽培，又耐盐碱，由于杆矮又适合与多种农作物套种，实现两种高产，适种的范围越来越广，东至黑龙江、西至新疆伊犁、南达广西玉林、北至内蒙古河套等地，均有种植。

品质优良主要指宁春4号属中强筋小麦，籽粒容重高，出粉率也高，面粉筋力强，用途广泛，适合加工成各种主副食用粉，加工企业纷纷收购，塞北雪等大型加工企业更是全力收购宁春4号小麦。当时，宁春4号夏季收购价格全国最高，其中甘肃每斤收购价比其他品种小麦高0.1元。

宁春4号用事实和各种数据教育了那些热讽冷嘲的旁观者。同时，也提升了团队成员面对不良风潮的抗力。

人生八九不如意。正当宁春4号培育、推广的关键时候，1977年，鼎力支持裘表新育种事业的伍光义场长调任；1983年，为解决夫妻两地分居，与裘志新通力合作、心心相印，被视为良繁场享哈二将之一、同为杭州知青的徐培培又调回故乡工作。两位事业上的知己先后离去，裘志新深感不舍和沮丧，尤其是徐培培的离去，裘志新宛如失去了一条胳膊。徐培培早在永宁县通桥公社下河四队下乡时就热衷于科学种田，并率先推广了水稻浸种发芽新技术，缩短了水稻育秧时间，提高了育秧效率，受到了社队干群的好评，被称为农技土专家，早于裘志新被伍光义挖到良繁场。到良繁场不久，徐培培又参加了宁夏农科院农作物研究所举办的杂交小麦培训班，掌握了小麦杂交的基础知识与基本方法，为后续培育宁春4号打下了基础。裘志新回忆与徐培培在育成宁春4号征途上，两人目标一致、惺惺相惜、轮番出征、情同手足的那些日日夜夜，感慨万千。特别令裘志新动情的是徐培培的宽广胸怀，当徐培培接到县科委领导电话，告诉他宁春4号在上报自治区科技奖研发人员排序将裘志新从原来的第三位调整为第一位，排在自己前面时，徐培培二话没有，十分爽快的表示同意。裘志新获悉后，深为插友的情谊和胸怀所感动，他深知再也找不上如此品格高尚、业务精湛、同心同德的合作伙伴了。今后，宁春4号繁育推广的千斤重担需他独自承担，未来的路怎么走？宁春4号还能为麦农服务多久？一切需自己去破解和把控，他又一次来到了人生的岔路口。但裘志新是个越挫越勇、越逼越进、越战越强的斗士，面对如此重大人事变化，他不急不躁，迅速调整好状态，不仅毫不退缩，反而向更高的目标奋进！

综合性优赢市场

在市场经济环境中，没有销售便没有生产。同样，再好的良种如果没有推广也就失去了培育的意义。处处用心的裘志新十分清楚，自己听在的县属科级事业单位的小麦育繁所，是个名不见经传的芝麻粒单位，要钱没钱、要名气没名气，连个高学历人才和职称的专家都没有。既缺乏品牌张力，也无丝毫辐射功能，其培育的良种欲在春麦种植区大面积推广绝非易事，须下一番大功夫，把市场营销学中的经典原理与自己所处的实际情况相结合，扬长避短，独辟蹊径，方能事半功倍，成就快速大面积推广的效果。通过深入思考，他决定用工业产品的营销思路来推广宁春4号，达到更快、更多、更广的造福麦农之效果。具体操作要旨：首先，要确保产品品质；金杯银杯不如老百姓的口碑，一个新品种吆喝再响，如没有品质保障，只能忽悠一时，绝不可能持续，最终也是瞎子点灯白费蜡，这是市场经济的铁律。为此裘志新下大功夫、花大力气从源头上牢牢把控宁春4号突出丰产性、广泛适应性、长期稳定性及种性优良这一品质关，并只与有资质同系统能掌控的大型种子公司签订经销协议，持久开展打假活动，确保流通渠道不出问题。其次，良品推广还须有良好的营销策略；由于市场经济放开了严苛的准入管控，加之法制建设滞后和监管工作一时不到位，市场中鱼目混珠、泥沙俱下，劣币驱逐良币的事时有发生，由此又派生出酒香也须勤吆喝、会吆喝的营销新典，否则，再好的良种，也会陷入藏在深闺无人识的窘境，尤其是小麦新品种的品质优劣，又须经过众多部门和麦农多年种植的实践检验方能形成社会共识，绝非一日之功能奏效。聪慧的裘志新对此心知肚明，他通过农科教结合，育繁推一体，与政府部门形成合力，在自治区内外开展了大面积、多区域、广幅度的生产性试验这一别人无法企及的推广大平台，让宁春4号的优良种性，被越来越多的麦农和种植区域相关部门从切身利益出发而认可，经过大面积试种与口口相传，宁春4号如玉无翼而飞，珠无胫而行，迅速传遍了宁夏山川和周边省（自治区），誉满春麦种植区域。再次，须具有良好的服务意识；裘志新团队不计收益、不怕辛苦、不惧困难，广泛开展对生产性试验的实地指导服务，并做到随叫随到，解决完问题才离开，由此得到了越来越多的麦农好感而广受欢迎。这种通过确保新品品质、通过大面积生产性试验和送服务到田间地头的系列创新举措，上升为体验式营销的良种推广理念、推广方式和推广路径，形成了宁春4号的核心竞争力，使之迅速成为我国春麦种植区种植面积最大的良种，这是世界育种史上从未有过的推广思路，具有独创性和唯一性，取得的效果更是惊人的。这也是宁春4号成功的一大法宝，不少外省（自治区）相关单位舍近求远，来宁夏高价收购宁春4号籽种，宁夏几家大种子公司出售的宁春4号种子中三分之二是被外省（区）种业公司和麦农抢购，市场一片红火，几乎到了不推自广、一种难求的地步。

宁夏是宁春4号的发源地，1981年开始推广，1983年即成为主推品种，1985年后种植在100万亩以上，1990年达150万亩，占灌区小麦种植面积90%，1996年后，每年种植面积近200万亩（含南部山区水地），累计种植约5000万亩以上。

内蒙古河套地区与宁夏地域相连，自然地理环境相仿，与玉米套种还可收获吨粮田的效益，加之宁春4号出粉率高，适宜制作优质面条和馒头。因此，该种子极为抢手，年种植面积超过300万亩，"代表了内蒙古小麦高产稳产的栽培水平。"（见《中国小麦品种改良及系谱分析》一书）

甘肃河西走廊的武威、张掖等地区也是宁春4号的重要种植区，年种植面积在100万亩以上，累计推广面积约在1000万亩以上。

新疆伊犁地区二十世纪八十年代初首次引入宁春4号。此后，发展较快，九十年代初年种植就突破30万亩，累计推广面积约500万亩以上。

陕西榆林地区和广西北流、陆川、博白等地，每年都种有大面积的宁春4号，累计种植面积约1000万亩。

青海在进入二十一世纪后引种宁春4号，主要发展麦套玉米，解决粮饲争地矛盾，累计种植面积约在500万亩以上。

黑龙江省也在二十世纪九十年代开始引种宁春4号。

除国内大量种植外，宁春4号通过新疆种植区域还被哈萨克斯坦、吉尔吉斯斯坦等中亚国家引种。市场一片红火，上下齐声叫好！

宁春4号通过审定后的短短几年，推广面积如此之大，种植区域如此之广，麦农受惠人数如此之多，社会反响如此之好，确实令人意外。但作为团队领跑人的裘志新又是怎么看，怎么想，怎么做的呢？

得到这些喜讯，裘志新并未有丝毫亢奋，更无得意和自满表露。相反，他浓黑的双眉紧蹙，内心的压力日增。裘志新深知推广面积越大，肩上的担子越重，稍有疏忽，将给麦农和国家造成无法挽回的损失。他更懂得高处不胜寒，攀得越高，一招不慎，摔得也越重的道理。为此，他要求全体成员须牢固树立如履薄冰、如临深渊、行百里败九十的危机意识，夹着尾巴做人行事，以工匠精神精耕细作、攻坚克难，尤其要创新提纯复壮的认知度和管理良方良法及普及路径，不仅需保持宁春4号的优良种性，而且要逐步提高其种质，不断延长它的生命周期和服务年限，方能行稳致远，持久造福天下苍生，这也是自己团队下一步的工作方向和总体目标。不难看出，裘志新的脑子是异常清醒的，对下一步的工作思路也十分清晰，目标非常明确，举措异常精准。裘志新就是裘志新，他的视野总比别人看得远一些，战略战术总比别人谋得深一些，举措总比别人定的更接地气一些。只有运筹帷幄，才能决胜千里；唯有安不忘虞，方能防患于未然。宁春4号四十年久种不衰之路就是这样走过来的，这也是裘志新团队成功的秘诀之一。让人深感忧虑的是，裘志新羸弱瘦小的身上，压力实在太大了。

第六章　演绎经典传奇

　　裘志新团队育成宁春 4 号春麦良种，为广大麦农开辟了一条增收路径，也为国家粮食安全做出了卓越贡献，功莫大焉。但他一身最大的成就应是演绎了该品种四十年久种不衰的传奇。

　　新陈代谢是自然界的普遍规律，没有一个农作物品种可永种不衰，只能用科学方法保持和提升它的优良种性，尽可能延长其生命周期。一个小麦新品种一般服役期在 5 年左右，好的可达十年，不行的只有 2—3 年，由此产生一年纯、二年变、三年成了大花脸的种质退化现象，成为困扰育种界的顽疾。裘志新在长期理论与实践相结合的探索中深深感悟到，农作物育种的实质，是控制目标性状优良基因的有机结合而生成性状更佳的品种。而要使新育良种久种不衰，须花大力气，持久开展科学的种性管理，不仅要防止种性退化，而且还要设法进一步提高良种的种质，让这一代解决上一代的问题，新一代弥补旧一代的缺陷，力争做到综合性状一代甚于一代，千方百计尽可能延长其服务期限，造福麦农。这看似难以企及的目标，但裘志新团队经过不懈努力逐步实现了这一梦想，演绎了四十年久种不衰的传奇。

探索提纯复壮2.0版

所谓提纯复壮，就是通过选择典型性的单株或穗，分系比较，优胜劣汰，达到籽种多中选好、避免良种种质过早退化。裘志新认为，此举一般育种机构都在做，若照葫芦画瓢最多只能在短时间内勉强维持该品种原有性状，由于遗传基因退化的不可逆性，如不采取系列的创新举措保障，良种的种性是不可能持久的，更难有突破和发展。为此，裘志新志在向提纯复壮更高目标攀进，主要采取以攻为守的策略，即进二退一的方式，千方百计在种植过程中使用良方良法抵消或减缓性状退化速度，最大限度保持良种的种性，使宁春4号久种不衰。他把这项工作概括为宁春4号提质工程，要求团队成员知难而进，通过持之以恒的不懈努力，取得突破，创造奇迹。

裘志新又一次来到了人生的岔路口，他深知这是自己一生中面临的最大挑战，多少优秀的育种人由于没能破解这一难题，其十年磨一剑培育出来的良种在各领风骚三、五年后，无奈地与之挥泪告别。如今，这一难题同样摆到了自己面前，宁春4号已推广十年，到了种质衰退的年龄段了，能否继续保持其优良种性，延伸生命周期，长期服务麦农，是对自己的重大考验。耍攀登育种领域这座珠穆朗玛，只能取决于个人的认知水平和整合资源的能力及顽强拼搏的意志，别无他途。1992年五月初的一天清晨，刚上班，裘志新停好自行车未进办公室，从餐厅取了个烟灰缸，去了所小麦试验地。他独自坐在试验地田埂上，从随身携带的公文包中取出笔记本和圆珠笔，将公文包放在膝盖上当小书桌，点燃一支烟，费劲思考着破解这一难题的方法，边思索边记录。

五月的麦地，晨曦中麦浪随风起伏、生机盎然。育种人以一双灵巧的手，用时光的线条，将它们织成了绿毯，点缀在广阔无垠的银川平原，装饰着充满希望的塞上大地，清新的空气中散发着裴志新熟悉而又充满诱惑的麦株、麦叶特有的植物香味。裴志新对宁春4号久种不衰这一难题已考虑良久，这时，他坐在热恋半身的麦地旁思如泉涌，不停地在笔记本上写着，改着、思考着……

他认为，科学研究的本质是发现问题和解决问题。作为科研人员必须用创新思维去探索认识未知世界，寻找出研究对象中蕴藏的生长发展规律，循着规律去解决既存问题，推进事物进步。他围绕育种界的实际情况进一步深入思考：传统的提纯复壮方法之所以难以解决农作物良种久种不衰问题，主要是缺乏系统思维，单纯为选种而选种，认识不到世上万物皆是互联互通的，良种退化虽然表现在籽种上，实际上是由选种方式、种植管理方法、大地良种升级情况，种田人素质、铁路警察各管一段所涉及的科技、社会及农业管理体制机制等多重因素造成的，致使良种内在的优秀基因，缺乏有效而系统的健康保障举措，而过早退化和变异。犹如一个老人，如不从生活习惯、饮食、锻炼、养生、体检、医疗等多方发力，其各部位免疫功能必将相继衰退，得病的概率会相应增加，逐步从量变走向质变，由单个器官衰退，演变为整个生命逐步衰竭，表现在这处病未治愈，另一处病又发作了，最终宿短生命期限。人体与农作物的生理规律是趋同的。对此，需从造成种性退化的各因素入手，探索全链条保持良种种性的科学举措，千方百计提高其整体抗力，延长良种的生命周期，造福麦农。他从实践中暴露的问题中，梳理出确保宁春4号优良种性必须突破的五大难题：一是即种植区内品种混杂、机械滥用及各种自然作用造成串花变种问题；二是未及时解决良种迭代升级，导致大地品种老化，良种久种必衰的问题；三是没有创新与保持良种种性配套的良策、良方和良法，使种子基因异化加剧问题；四是麦农缺少有效培训，各种良方良法难以落地的问题；五是缺乏主动与有关部门对接，取得政府支持，造成育种机构单打独斗、不少精力陷于内耗，无法专注于提升种质的系统研究，缺乏探索从体制层面解决种质退化的保障举措问题。只有对上述问题一个一个予以破解，才能在较长时间段内保持其优良种性。破字当头，立也就在其中了。他把破解上述五大难题简称为"破五关"，将在破五关中需一以贯之的六大管理方式方法归纳为"普（及）六方"，作为一项长期的攻坚任务，千方百计加以推进，直至问题解决，开创久种不衰奇迹。

写到这里，裴志新深深吸了一口气，内心颇感畅快。他为找到传统提纯复壮的升级方法、破解延长宁春4号生命周期结症而兴奋。他收拾好笔记本，顺着株间空隙小心翼翼地步入麦田，用手轻轻护摸柔软的麦叶，全身充满着深深的爱意。他穿行在小麦间，细心察看麦株生长情况，有时闭上眼睛，倾听微风中麦浪摇曳传递出来的麦株间的轻轻细语声，似乎闻到了农舍袅袅炊烟中散发出来的白面馒头蒸熟起笼的香味，这是裴志新最爱的滋味。

思路决定出路。新的奋斗路径确定，意味着裴志新团队无论对提纯复壮的认知度、还是方式方法都赋予了新的内涵，如能一以贯之将可收到牵一发动全身之功效，他将之探索归纳为提纯复壮的2.0

版，这是裴志新在长期的理论与实践结合中研究出来的确保良种久种不衰的新思维、新方法和新路径的总称。接下来，他要学习三国时代的关云长为与兄长刘备团聚，义薄云天、带着嫂子过五关斩六将的勇气，调动所里的全部人马和各种社会资源合力"破五关""普六方"。裴志新的"破五关""普六方"追求的是为麦农造福，攻破的是传统思维方式，走的是创新路径，与之合力的是整个团队与社会各方资源，与三国时期依仗匹夫之勇，图哥儿们义气的关云长千里走单骑的目的与方法，有着本质的区别。

　　第一关是攻克在同一种植区域内品种混杂问题。该问题涉及面广，造成的因素多，唯有让种麦人在解决这一难题中受益，方能突破这一关隘。裴志新率先在宁春4号发源地宁夏引黄灌区发力，他们适时举办各种类型的学习班，与各级基层政府形成合力，深入细致做好村队干部工作，向社员群众广泛宣传种植区域内品种混杂与机械滥用致使良种过早退化的危害性，并充分发挥宁春4号产量高、适应性广、品质好的品牌效应，用了不长时间使宁夏灌区同一区域内宁春4号种植面积提高到90%以上，个别县达98.7%，一队一村清一色种植现象也屡见不鲜。为把工作做细做实，力求百密不疏，他和团队成员又深入村队要求种植户对农机进行科学管理，尤其在机械播种、脱粒、收割前须将机械各部位仔细清理干净，再用洗车店的高压水枪冲刷，将暗藏的其他籽种一网打尽，彻底解决了同一种植区品种混杂的最后一公里问题。由此又进一步提高了大地小麦产量和品质的稳定性，麦农从切身受益中感受到这一良策的好处，打了一场千家万户齐上阵，解决同一种植区内品种混杂问题的人民战争，很快攻破了首道关隘。在此基础上，裴志新团队又邀请外省

（自治区）有关部门和种植大户代表来实地观摩，从而使这一良策在各地快速复制推广。随着受益面扩大，麦农在同一区域内普及宁春4号种植的积极性更高了，种性也更纯了。

为强化种质管理，扩大迭代良种选择面，裴志新又在传统的"三圃"选种法基础上探索出"五圃"选种法，即建立穗行圃、穗系圃、优系对比圃、一穗传原种圃、普通原种圃等"五圃"，扩大良种选择面，从多中选好转变为好中选优，进一步精选纯度高、产量大、品质优、抗性强的籽粒作为下一代的种子。他要求各地种子站、国有农场均照此办理，备足优化后的种源，加快在种植区推广，确保大地3—5年内更新一次经优化后选育的宁春4号良种新品，造福麦农，拿下了提纯复壮2.0版中有关迭代良种优化选育与推广的第二关。

裴志新面临的第三关是不失时机地升级推广与提升种质配套麦农可操作的良方和良法，完善提纯复壮2.0版的内涵。他们总结出在同一种植区域内确保单一品种；施足基肥（最好是农家肥）；合理密植；早灌头水；灭蚜防病；优选籽种等田间管理6方，作为麦农确保提纯复壮2.0版落地的主要抓手。2004年，裴志新在试验田进行的提纯复壮2.0版和管理6方实施效果检测中显示：按提纯复壮2.0版及管理6方选育的宁春4号优系种子比一些农户自留种纯度、发芽率、种子用价等指标分别提高了0.9%、18.3%、19.6%；苗期长势苗壮，分蘖多12万/亩，株高高2.4厘米，单株分蘖成穗平均高0.015穗，收获穗多1.7万穗/亩；单株穗粒数多11粒，千粒重高0.2g，容重高287g，理论产量高7.7%，实际增产6.8%。2003年，宁春4号测试结果比刚育成时蛋白质含量提高了1.39%，湿面筋提高 4.7%，沉降值提高 9.2ml，面团稳定时间下降 1.5min，最大抗延阻力提高 27eu。测试结果一公布，极大地提高了广大麦农贯彻良方良法的自觉性。他们把提纯复壮 2.0 版比作保持宁春 4 号优良种性的"本草纲目"，实用性强，操作方便，效果明显，屡试不爽、价值巨大。经反复实验检测，不仅证明了提纯复壮 2.0 版和管理 6 方的功效，还说明宁春 4 号历经数十年科学的种性管理，品质不降反升，直至演绎了 40 年久种不衰的传奇。

裘志新把培训麦农作为普及提纯复壮 2.0 版知识与提高种质管理的第一要务和需攻克的第四道关隘。裘志新认识到，再好的良种须经农民之手才能转变成粮食，再科学的良方良法也需靠麦农操作才能落地。为此，裘志新团队将宁春 4 号的禀性、特点和提纯复壮 2.0 版的管理 6 方良策汇编成图文并茂的宣传单，在种植区广泛发放。他们还根据不同节气，不同地区的实际情况，深入田间地头，现场示范讲课，普及提纯复壮 2.0 版和管理 6 方知识要领。这样做的结果，不仅使宁春 4 号在大面积推广中保持并提升了优良种性，更重要的是有效助推了大地丰产，使麦农从切身利益中感受到良策、良方、良法的好处及作用，种植宁春 4 号的劲头更足了，良方良法也从要我学变成了我要学，种植区内出现了长江后浪推前浪，一浪更比一浪高的比学赶帮超的群众性学习热潮，进一步优化了种性管理。实践也使裘志新团队深深感悟到，群众是真正的英雄，水能载舟也能覆舟。良种推广和种质提升工程，仅靠育种机构和育种专业人员是根本不行的，只有深入田间地头发动广大麦农，让千千万万种田人自觉投入到宁春 4 号提质工程中来，方能根深蒂固。同时，裘志新在实践中还进一步体会到，良种推广工作须与种质提升工程困捆绑在一起搞，如果局限于单打一，势必顾此失彼，事倍功半，收不到大面积、长时效、可持续的良种久种不衰的效果。

第五关是建立农科政合力、育繁推种提一体保持宁春4号优良种性的联动机制，在充分利用市场无形之手的同时须进一步发挥好政府有形之手的作用，扩大提纯复壮2.0版和管理6方的普及面。裘志新在实践中感悟到，中国特色社会主义制度决定我们做任何工作不仅要依靠有效市场，更要与有为政府相结合。在宁春4号的培育、推广和提质工程中，他们主动取得各级政府的重视与支持，探索出一条农科政合力、育繁推种提一体的新型育种、推广和种性管理机制。这是宁春4号在培育推广过程中的又一创举，改变了长期以来科研部门唱独角戏的尴尬局面，使涉农单位形成合力，提质工程各种举措一竿子插到底，加快了良种培育推广步伐，提高了种性管理效果。宁夏回族自治区各级农业，种子管理、推广部门和宁夏农学院等单位积极参与新品种中试、生产性试验、特征特性和栽培技术研究、品种推广与种质提升工程。政府在关键时刻又提供了必要的推广资金，并协调好各个方面关系，做到新品种育成和提纯复壮升级后快速准确地鉴定出其增产潜力与综合效益，使麦农种植宁春4号积极性空前高涨，保证了科研成果迅速转化为生产力。相关部门还通过广播、电视、报刊等媒体，适时传播宁春4号新育成的迭代品种的特性和配套种植良方、良法及注意事项，进一步普及了宁春4号可持续发展的特点、亮点、卖点和优化种质知识，使麦农家喻户晓，推广速度和参与提质工程的自觉性宛如钱江大潮一浪高过一浪。在相关部门的重视和支持下，育种人员进一步发挥了主观能动性，不断开拓创新，寻找到更为精准的技术路线，不断完善提纯复壮 2.0 版，终于破解了良种短时期退化变异的难题，演绎了宁春 4 号四十年久种不衰的奇迹，登上了小麦育种的珠穆朗玛。这也是政府部门职能转变过程中的"提纯复壮"，每谈与此，裴志新总会露出欣喜的笑容。在纪念杭州知青支宁四十周年座谈会上，他声情并茂地说："宁夏给了我实现人生价值的机会，如不来宁夏，哪有宁春 4 号呢！如不在宁夏，即使培育出像宁春 4 号这样的良种，也难有如此快的推广速度和历经四十年久种不衰的生命周期！"

修成正果

宁春 4 号选育与推广具有育成时间短，增产幅度大、综合性状优、研发投入少、推广速度快（审定两年后即完成宁夏灌区第四次品种更新）、种植区域广（西北、华北、东北、华南有关省市（自治区）均先后引种）、生命周期长（至今仍是大多春麦种植区的当家品种）、经济社会效益好（累计种植面积超 1.5 亿亩，增产小麦愈 150 亿公斤，麦农增收达 300 亿元）等特点，并创造了四十年久种不衰、种质不降反升的传奇，还作为种质资源入选国家种质库，为广大科研单位广泛利用。宁春 4 号幼苗直立、根系发达、生长繁茂、叶色浓绿、茎秆粗壮、株型紧凑、株高 80—90cm、籽粒大、卵圆形、红粒、硬质、经商务部四川粮研所测定，千粒重 45g，容重 821g/L，蛋白质含量 13.58%，湿面筋 29，1%，沉降值 29.3ml，面团稳定时间 8min，延伸型 18.2cm，拉伸面积 126.8cm，面条评分 92 分，馒头评分 82 分，面包评分 91.3 分（属中强筋面粉，应用广泛），被农业部评为优质小麦。宁春4号选育推广过程中的主要经验是：

在育种指导思想上具有超前性并用一系列的创新理念与举措予以落地。短视是从事科技工作，尤其是担当农作物"芯片"研发工作的大忌。但一切超前的设想，需用创新的理念、举措、实践及不屈不挠的意志来支撑与保障。否则，再好的设想只是空中楼阁，易成为空想乃至妄想。裴志新团队在育种过程中，用创新理念逐步构建起一整套育种的长效机制，即不仅要解决眼前的问题（产量低），还不断考虑今后发展和大面积推广及人民群众对美好生活追求等多重需要，尤其对新育良种的可持续问题提前策划，系统思考，深谋远虑，综合施策，收到了一石数鸟的效果：北育南繁一年三代缩短了育种时间；探索农科政合力，育繁推种提一体的育种联动机制，突破了陈旧的条条框框束缚，实现三年半育成定系、八年通过审定、十年跃升为宁夏小麦主推品种并推广至国内广大春麦种植区和中亚国家；通过创新实践总结探索出提纯复壮2.0版，保持和提升种质，开创了四十年久种不衰且品质不降反升的奇迹，震惊了世界小麦育种领域；在复杂、多变的跨区域生态环境下进行定向选择和培育，形成了极为广泛的适应性；通过扩大生产性试验，形成了一套体验式营销模式，使广大麦农从自身利益出发踊跃种植，开启了长时间、大面积、跨区域推广，这种情况在我国自育春小麦种植史上是罕见的。另外，宁春4号属中矮秆品种性状，便于间复套种玉米等高秆农作物，按七成小麦套种三成玉米计算，亩产小麦达700斤，玉米约1000斤，少数高产田小麦产量达800斤，玉米产量达1200斤，实现了吨粮田目标，有效提高了单位面积土地利用效率，化解了粮饲、粮食与经济作物争地的矛盾，改变了千年一贯的耕作制度等。宁春4号在育繁推种提过程中的创新思维和举措，在理论与实践相结合上，还为我国小麦育种事业发展和建立新时期的育种学科进行了积极探索，奠定了与时俱进、创新型的育种学术思想。

正确选用亲本，为宁春4号奠定了良好的遗传基因。索诺拉64与宏图作为宁春4号的母、父本，杂交后产生的后代，传承了父母双方优势，没有重大缺陷；在株高、产量构成（即成穗数）、经济系数、籽粒大小、粒色、熟期、抗性、落黄等重要性状等方面均可优势互补，遗传配合力强；二者亲缘关系远，生态类型差异大，内含欧、亚、拉美、澳四大洲血统，遗传背景极其丰富，有利于后代广泛适应性的形成。加之宏图亲本阿勃与碧玉在宁夏及周边地区已被驯化，与索诺拉64杂交后，不会造成水土不服的情况，保障了育成后的大面积推广。

在宁春4号选育过程中，裘志新团队狠抓关键性状有机结合这个突破口。他们在破解育种主要矛盾基础上，将新育麦种的丰产性、适应性、稳定性且品质优量进行系统探索统筹研究，收到了一石数鸟之作用。早在宁春4号起步阶段，裘志新团队在通过降低植株高度来提高穗粒重和亩成穗数这个关键怀节基础上，培育出了符合育种主要目标，即高产、普适、稳定、抗性、优质品系等符合综合性状好这一核心要素，成就了宁春4号。

解决了小麦矮化过程中出现品质衰衰退这个困扰业内已久的老大难问题。小麦矮化非裘志新团队首创，其他育种机构也在探索，但一直无法解决小麦矮化后出现的晚熟、早衰、病虫害严重、籽粒小、品质差、作物产量低等一系列问题。裘志新团队在完成品种类型改变（由中高秆转为中矮秆）的同时，进行系统性研究，千方百计使较矮的茎秆（80—85cm）与良好的抗逆性（抗青枯、干旱，耐盐碱及锈、白粉、黄矮等多种病害，耐密，适套种、抗倒伏等）和较高的生物产量及优良的品质等有机结合，整体优化，较好地解决了小麦矮化过程中普遍出现的这些痼疾。

宁春4号种植后，根除了麦地中燕麦草的危害。传统小麦品种因植株高大，燕麦草隐藏于麦株中很难发现，长期与小麦争肥、争水，不仅抢夺了小麦营养，且造成小麦田间大面积倒伏，导致穗粒落地降低产量。而宁春4号由于植株矮，燕麦草极易发现并清除，解决了祸害麦农千年的顽症，确保了麦田丰产。

配套良法使宁春4号的产量和品质不断提高。在长期的培育推广中，裴志新深刻认识到，良种只有配套良好的培育方法，才能获得综合性能好的长效机制。实践中，他们还发明了剪颖直接授粉法，即在小麦杂交过程中，利用雄蕊散粉的时间差，将小麦母本颖壳剪开后，直接将父本花粉授给母本的雌蕊，省略了杂交中母本去雄的烦琐程序，提高工效十倍左右，也促进了育种人员技术水平的提升。

上述系列创新做法，使宁春4号在规范的栽培环境中大地亩产达到500公斤以上，在内蒙古还创造了亩产666.5公斤的丰产纪录。宁春4号还被国家作为种质资源入选国家种质库，被农业部评定为优质小麦等，这说明经过几十年不懈努力，宁春4号的品质和产量呈上升之势。科技无涯，如这套有效的原始创新举措能与时俱进、不断研究完善并坚持下去，其品质和产量今后仍有提高的空间和潜能。

1997年夏，联合国粮农组织世界著名小麦专家马丁·金格尔闻讯来永宁考察，他听取了裘志新关于育种情况解绍，察看了育繁所的试验田，抽查了农民大地种植的小麦，并亲自做了相关测试，品尝了所食堂蒸的馒头、包子和烹饪的面条，惊喜地连喊："ok、ok"，他不音赞誉道："宁春 4 号的选育，是绿色革命，穿梭育种的典范，其经验值得认真总结"。他不敢相信眼前这位羸弱瘦小的中国育种人，创造了震惊世界的小麦育种传奇，激动地把裘志新抱着举了起来。我国小麦育种界泰斗、中科院院士庄巧生先生在《中国小麦品种改良及系谱分析》一书中高度评价宁春 4 号，称它"是我国中西部春麦区种植面积最大的品种，杆矮，综合性状好，应不愧是同类中的佼佼者"。宁春 4 号 1984 年荣获宁夏回族自治区科技一等奖，1993 年获银川市科技特等奖，1998 年获国家科技进步三等奖等殊荣。

痴心不改

1973 年 3 月，裘志新刚抽调到良繁场即向党支部递交了入党申请书。过了培养期，党支部根据内查外调及他的一贯表现（含求学与插队期间），于 1975 年初召开支部大会，全体党员表决，一致同意他加入党组织。遗憾的是，上级党委又因其家庭出身问题政审不合格，未批准。当时，裘志新内心十分落寞。下班后，他独自坐在汉延渠渠陂上沉思。他望着滔滔北去的渠水，听着哗啦啦的流淌声，心结逐渐打开了。汉延渠全长约 200 公里，沿途历经曲折，但它不屈不挠，一路朝前，义无反顾的向北流去，最终汇入黄河，涌向大海。人生何尝不是如此,只要志向不变,信念坚定,锲而不舍,最终一定会实现自己的理想。他深信人在做天在看,上级组织迟早会了解自己一片忠心的。事后,凭着对党忠贞不渝的信念,他更以一个共产党员的标准严格要求自己,团结全场同志克服育种征途中的重重难关,经受住了组织考验。1981年5月5日,上级党委正式批准他加入中国共产党。获此喜讯时,裴志新激动的号啕大哭。这哭声,表达了他对组织的忠贞之情;这哭声,也抒发了他对同志们理解、支持和包容的感激之意;这哭声,更吐露了他对今后工作再上层楼的不移之志。从递交入党申请书到被正式批准,历时八年,一个由不得本人选择的所谓家庭出身问题,挡住了他八年政治上要求进步之门,今天听起来似乎有天方夜谭之感,但这是实实在在发生在这位全国著名小麦育种专家身上的故事。这八年,正是裴志新奋战在培育宁春4号艰难跋涉的征途上;这八年,也是裴志新舍弃个人利益,置自己小家不顾,倾情、倾智、倾力投身于育种事业的汗水中;这八年,更是裴志新行进在开创宁夏小麦育种事业新篇章,千方百计为麦农造福的峥嵘岁月里。人生苦短,生命中有几个八年?尤其在人生黄金岁月的时间段,八年是何等珍贵!世界竞争本质上是人才的竞争,人才是立国、强国之本,谁拥有一流人才,谁就取得了小至一个行业大至整个世界的话语权。因此,尊重知识,爱惜人才,积极创造人才辈出的环境和氛围,是国之大者,应成为考核各级组织、人事部门绩效的重要指标。中国特色社会主义理应为各类人才充分涌流、茁壮成长提供最具活力的制度保障,但面对人才流失和一些颇有创业创新潜力的年轻高学历者或无奈选择卖猪肉、送快递、售米粉,或无所事事干脆躺平的窘局,不得不让人们痛心疾首，呼唤我劝天公重抖擞，不拘一格用人才！

　　榜样的力量是无穷的。现为宁夏农林科学院研究员、宁夏首席小麦育种专家魏亦勤，十分敬重裘志新的专业素养和高尚人品。他1983年大学毕业后分配在宁夏农科院农作物研究所，由于工作地点也在永宁，便与裘表新相识相交。他回忆说："当时裘志新已成名，但仍穿着一件普普通通的夹克衫，遇到育种上的问题还主动跑来与自己交流，这种平等待人，谦虚、低调、务实的作风十分难得，让人终生难忘。"1985年，宁夏举办了一场小麦育种协作活动，魏亦勤参与并承担了一个课题，与裘志新交流颇多。这年夏天，小麦锈病大暴发。当时宁春4号已被宁夏及周边省（自治区）大面积推广种植，业内对此品种能否抗得住这股来势凶猛的小麦锈病表示担心。当大伙在一起研讨时，裘志新自信地说："宁春4号经过多年种植推广已表现出良好的抗病性能，尤其是在灌浆期更为明显，好比一个人虽然得了病，但因自身抵抗力强便能挺过去。"年轻的魏亦勤认为自己是科班出身，基础知识丰厚，不太认同裘志新的意见。但后来的实践证明裘志新的认识是正确的，遭受如此大的病害侵扰，当年宁春4号照样喜获丰收，魏亦勤不得不由衷佩服裘志新理论与实践相结合的专业素养，不愧为宁夏小麦界育种权威的声誉。同时，也使他进一步提升了理论联系实际的学风和勤勉务实的工作作风，终将自己锤炼成新时代宁夏小麦育种界的首席专家。

　　入党后，裘表新十分珍惜这来之不易的称号，严守党章、党规、党纪，争分夺秒地投身育种工作。1991年8月，随着宁春4号大面积推广，为便于工作，上级将裘志新负责的小麦育种团队从良繁场剥离出来，单独成立了永宁县小麦育种繁殖所（正科级事业单位，简称育繁所），并任命裘志新为所长。由于简少了行政层级，育繁所可独立对外开展工作，大大提高了推广效率。很快，宁春 4 号推广到陕、甘、青、新、桂、内蒙古等省（自治区），创造了宁夏农业发展史上又一个奇迹。经常有人问裘志新："是什么力量使你如此痴迷育种"？裘志新习惯性的朝上推了推眼镜微笑着说："作为一个育种人，还有什么比自己培育的种子被广大农民朋友踊跃种植提高收益更为开心呢？我早已将育种事业视为生命的一部分，我的人生价值就体现在所育的良种里，没有任何力量能将我与育种事业分离，除非我的身体不允许了。"

20 世纪 90 年代初，在南繁中，裘志新因过度劳累旧疾（肝血管瘤）发作，倒在试验地里，不得不在当地医院做切除手术。术后，麻药尚未全部消散，他就拨通了同事电话，让他们将试验材料拿到医院来，在病床上审核修改。裘志新在病榻上的所作所为深深感动了当地医护人员和同室病友，众人纷纷伸出大拇指为这位育种人点赞。

1990 年，乘宁春 4 号广泛推广东风，为进一步提高该品种种性，使其百尺竿头更进一步，裘志新带领团队又培育出蛋白质含量高、抗条锈病能力强、粒白、高产的宁春 13 号新品种，获得全国北方六省（自治区）春小麦种植区域试验单产第一名，很快推广种植 500 多万亩，荣获中国第五届新发明展览会铜奖。

世纪之交，裘志新团队连续育成永良 15 号、宁春 26 号、宁春 33 号等三个优质高产新品种，又很快被市场追捧。

2005 年，裘志新又选育出宁春 38 号、39 号、41 号等系列新品种，在区内外推广。尤其是宁春 39 号，兼有高产、优质、抗病等优点，被粮食专家称之为很有价值和市场前景的新品种。

　　总之，在宁春4号成名推广后，裘志新一刻也未减缓前进的步伐，依然争分夺秒的奋斗在育种征程中，尽己所能，倾己所有，力求尽快培育出综合性状更优的新品种，为筑牢国家粮食安全底线做出更多、更大的贡献。裘志新就是这样一头在为人民服务征途中，不知疲倦、不用扬鞭自奋蹄的老黄牛，充分展现了他生命不息，奋斗不止，鞠躬尽瘁，死而后已的高尚情操。

　　2008年，裘志新年满60周岁，本可以回家含饴弄孙、颐养天年，但领导从工作考虑仍返聘他担任名誉所长，指导新班子工作。裘志新说："我只要脑子一天不糊涂，走得动路，就在所里工作一天，恪尽职守、无怨无悔，请领导放心。"此时，他深知自己肩上还有两项重任，一是将培育宁春4号征程中形成的团队精神传承下去；二是在新形势下，如何在宁春4号基础上，培育出性状更佳、丰产性更好，适应性更广，综合性更优的超级麦种，为实现宁夏麦种的第五次更新，助推麦农奔小康，探索出一条新路径，提出一套新方案。返聘后，裘志新与以前一样，早出晚归辛勤工作，仍然严格要求自己及学生和弟子。有人与他开玩笑说："裘所长，您已退休了，何必事事还那么较真呢？"裘志新呵呵一笑回答："年龄是退休了，但共产党员的职责是不会也不应退休的，我在所一天，就要起一天模范带头作用。"裘志新退休后返聘五年，在他指导下，所里又培育出宁春51号、宁春52号和宁春53号三个新品种。此外，很少写论文的他又夜以继日伏案疾书，写就了《新形势下，宁夏小麦育种方向、目标与路径分析》一文。他在文中直抒己见：随着人口增长、城镇化快速发展和人民群众对美好生活的不懈追求，人与地的矛盾，粮食与饲料、经济作物争地的问题会更加突出，尤其受环境资源制约，黄河用水配额等影响，以提高小麦单产为目标的超高产育种势在必行、迫在眉睫；粮食加工企业对小麦营养、安全、品质等要求也会进一步提高，这倒逼我们育种人员必须加快培育出产量更高、品质更优、综合性能更好的小麦新品种。根据宁夏实际和世界育种发展趋势，可预测的方向、目标和路径为：首先要选育出大地平均亩产超 600 公斤，规范种植过 800 公斤，试验地达 1000 公斤的超级麦，使一亩地产生两亩地的效益，以此提高土地利用效率和农民收益，进一步筑牢粮食安全底线。其次，重点选育优质专用春小麦新品种，籽粒品质分别要达到国家专用强筋、中筋、弱筋小麦的标准，满足人民群众日益增长的对美好生活的需求，同时提高麦农种植新育良种的附加值，拓展适用性。三，兼育节水型丰产优质春小麦新品种，降低麦农种植成本，保护母亲河，实现小麦丰产与环境保护双赢的目标，尤其要探索水旱杂交小麦新品种，利用宁春 4 号的丰产性与旱麦的耐旱性进行杂交，以此选育节水高效型小麦新品种。此项工作虽有一定基础，但还须进一步深入研究，着力提高节水性能，使春麦真正成为旱作高产农作物。四，培育生长期在 85 天左右的早熟春麦新品种，抓紧开展宁春 4 号与冬麦杂交，遗传双方优势，提高春麦的耐寒性能，开创宁夏本地一年种植两茬麦子这一新的耕作方式，降低北育南繁的育种成本，提高综合效益。五，强化优质品种资源的引进、研究和利用。宁夏四次麦种更新，无不依托外引品种，即使在宁春 4 号当家的几十年中，宁夏也从未停顿国内外引种工作。目前存在的主要问题是缺乏对引入品种的深入研究，对其重要性状、特点、遗传配合力等认知均较肤浅，加之急功近利的浮

114

躁作风，造成几十年宁春4号仍一枝独秀，鲜有突破，无法满足农民兄弟奔小康的新需求。对此，我们一定要引以为戒，花工夫取得突破性进展。六，抓紧开展育种新技术研究，大力提高育种方式方法的科技含量，使育种水平有质的提升，进入世界种业先进行列。传统杂交育种对农作物性状选择主要依赖于育种人员的经验，通过大规模、长时间的田间视角观察来筛选培育新品种，工作量大、效率低、周期长，一般培育一个新品种至少需十年之久，一个人一辈子也培育不了几个新品种。我们这代育种人就是这么走过来的，难道再让下一代育种人舍弃家庭，牺牲个人幸福，白+黑、5+2这么干下去吗？这显然是不可持续的，必须下功夫开拓现代育种新路径。如，目前发达国家采用的分子育种新技术，将分子生物学技术应用于育种，主要通过分子标记方法，在不改变作物基因前提下，仅用1—2年时间就培育出满足一定需求的新品种，工效比传统育种方法提高5倍之多，收到增产提质、减投提效、破殇提寿（即提高服务年限）的综合效益，是穿梭育种无法比拟的，是我们追赶世界先进水平，实现种业现代化的根本出路，也是摆在我们育种人面前新的长征路，时不我待、机不可失，我们必须痛下决心创新发展。七，新时期小麦育种中若干重要性状选择。主要需考虑突出的丰产性，良好的多抗性（即抗各种病虫害及坑青干、干热风、抗碱、抗旱、抗寒等），广泛的适应性（并适合间复套种），长期的稳定性，品质优良（即小麦籽粒应具有良好的化学及加工成各种高档食品的性能，出粉率高、营养好、能耗少、且售价高等）、生长期短，且育成品种的生命周期长等多重优势。八，相关建议。国以农为本，农以种为先，种业是国家战略性核心产业，一粒种子能决定一个民族的命运。

当前，世界范围内新一轮种业技术革命正在蓬勃发展，从投入、技术手段、人才培养、研究成果等方面看，我们与发达国家还存在较大差距。不少农作物种子，发达国家凭优良种性以粒卖，并对市场实施垄断，且先打款后供种，签了合同打完款后还随意涨价，你爱买不买，不买拉倒，态度极其恶劣；而我们由于缺少对种子的基础研究，没有建立一套确保种业可持续发展的长效机制，原创能力薄弱，创新型人才培养和创新动力不足，又缺乏十年磨一剑久久为功的耐力，不少农作物种子缺乏核心竞争力，至今还是论斤卖，且市场接受度低。若不采取果断措施迭代追赶、补齐短板，后果不堪设想。集成电路芯片受卡是影响我们发展速度问题，一旦农作物"芯片"被卡则关系到国计民生之根本。因此，有关部门对种业须切实提高政治站位，宁可适度减缓 GDP 增长速度，也要从人才、资金、设施、科研等诸方面保障种业优先发展，尤其要创新种业可持发展的机制和体制，力争在最短时间内赶上发达国家，走在世界前列。只有大地上播撒中国种，嘴里吃的中国粮，国人饭碗才能端得牢，端得踏实。上述认识和工作，无一件可马虎，无一刻能耽误，必须多措并举同步进行，与时间赛跑，抢在大灾大难来临之前研发出世界一流的系列良种，守住国家粮食安全底线，履行我们育种人的天职和使命……

点完文章最后一个标点，天已破晓。裘志新拉开窗帘，推开窗户，深呼了一口新鲜空气，内心十分欣慰，仿佛卸下了一副千斤重担，完成了一项重要工程。春天永远是美好的，大地姹紫嫣红、芬芬四溢，天空百鸟飞翔、云舒云卷，晨练的人们以各种方式已开始强身健体了，到处充满了生机。但留给裘志新工作的时间却是屈指

116

可数了……

　　裘志新这篇文章是积四十年育种工作经验的肺腑之言，是站在国家粮食安全的战略高度来审视当下育种业存在的问题并提出破解方法，是一位育种专家放眼未来的真知灼见。既是对所里的同志讲的，也是对整个育种界发出的诤言，为后人留下了一笔丰厚的宝贵财富。凡听到和看到这篇文章观点的同仁大有茅塞顿开之感，深为裘志新高深的专业素养，不屈不挠的奋斗精神，勇毅前行的顽强意志所震撼，真正是老骥伏枥志在千里、烈士暮年壮心不已，实乃可敬可佩。甚为可惜和遗憾的是，裘志新的身体已不允许他参与这场新时代育种界的"世界大战"。否则，今天宁夏的育种成果更会让世人刮目相看。这不由使我想到一个哲学上长期争论不休的命题，即究竟是英雄创造了历史，还是历史造就了英雄。我想，从大历史观讲，是历史造就了英雄，但在浩瀚史料中又表现出二者皆为有之，在特定时期，又是英雄推动了历史进程。如果这一结论不成立，为何创新要作为促进社会进步的不竭动力？人才会成为当今社会最稀缺的资源呢？为此，我们须从孩童抓起，从小就给他（她）们灌输创新意识，培植创新灵感，拓宽创新路径，千方百计营造创新氛围，让创新成为新时代的国魂、亿万少年儿童的天性，使裘志新精神普植中华大地，全民同心，朝着建设创新型国家目标大踏步奋勇向前、向前、再向前。

　　由于长期超负荷工作，裘志新终于积劳成疾。家人、领导及同仁们早就劝他住院诊疗，但他怕浪费时间耽误工作，总是找理由推托。由于未及时治疗，随着年龄增大，免疫力下降，各种病况日益严重了。2013 年春节后，裘志新仍撑着病体勉强到所里上班，并写完了上述文章，转交给相关领导。进入四月，他的记忆力大幅衰退，反应越来越迟钝，语言表达也日益不清晰，步伐也日趋沉重了，他隐约感到如再在所里待下去会影响工作，一旦发出错误指令，后果不堪设想。而此话别人既不会，也不能、更不敢说。他是自知之明之人，于是，便主动向领导提出终止返聘，专心治疗疾病。这一刻，裘志新还不满66岁，正值一个男人最睿智的壮年时期，人们只能扼腕痛惜。就这样，裘志新离开了热恋和钟爱一身的麦田。开始，他在银川住院，初步确诊为大脑智障。后来，他又转杭州医院治疗，结论为脑梗后遗症，病因是未适时发现并及时治疗造成的，后果已十分严重，须抓紧治疗。但转了几家医院也未见效，直至发展到一坐起来便天旋地转的状态，只能长期与病床为伴。到2017年，他的思维和表达功能进一步丧失，对事物的认知能力日趋下降，与之交流，裘志新只能断断续续吐几个字。李前荣清楚记得恩师尚能表达个人意识时，与他最后一次谈话的情景。当时，李前荣刚南繁回来，身上来不及擦洗便风尘仆仆来看望痼疾缠身的恩师，向他老人家汇报此行云南的情况，恩师似乎听懂了大概意思，但脸上毫无反应，更没说一句话，只是平静地躺着。李前荣误认为恩师累了需要休息，欲起身要走。这时，裘志新突然抓住了李前荣的手，混沌的双眼中含满了泪水，断断续续说："人、人活一生，是、是经常修炼自己，有、有益他人，造、造、造福苍生。希、希、希望你们尽快培育出新、新、新的品种，早、早日超越宁、宁、宁春4号。"话未说完，一串晶莹的泪珠就滚落在床，浸湿了枕巾，也浸湿了李前荣内心最柔软的那份情感。李前荣再也控制不住了，一头扑在裘志新身上，师徒俩抱在一起放声大哭。恩师沉疴在身，依旧念念不忘造福苍生的育种事业、内心仍牵挂着学生和弟子们的进步，怎不让人感动涕零呢？李前荣将"修炼自己，有益他人，造福苍生"这句话视为恩师的临终遗言，作为人活着为了什么的生命之答。裘志新心中十分清楚，宁春4号四十余年未被取代，其他育种人长期没有机会荣获大奖，客观上自己已成为年轻人追求上进的天花板，他深感不安。世上有些事是说不清楚的，只有当事人内心明白。此事能怨裘志新吗？但世上理智者毕竟不是太多，一涉及个人利益，就可能被人性弱点牵着走。裘志新把这一责任揽过来，目的是让大家好受点，自己也可以彻底放下了。裘志新做人是否太明白了呢？如果糊涂一点，也许身上的压力会小一些，自己也会活得轻松一点。但对一身尽考虑工作和他人利益的裘志新来讲，是身不由己的。俗话说，江山好改，禀性难移，裘志新就是这样一个心里只装着苍生与他人的纯粹共产党人。

病情在不断发展，到2017年底，裘志新完全失去了意识。在毫无知觉情况下，他在病床上又整整昏迷了四年，这是既折磨自己又折腾家人的四年，也是让领导、同事和友人们放心不下、深感忧伤的四年。自古英雄多磨难，谁也没想到裘志新艰苦奋斗、备受煎熬了一辈子，晚年还要遭受如此大劫。一千多个日日夜夜，家人为他哭干了泪水；一千多个日日夜夜，有多少人为他揪心祈祷，愿他早日康复；一千多个日日夜夜，要强了一辈子的他，就这样没有尊严地活着……也许，这就是人们所说的"命"吧！

2019年5月，中共中央办公厅、国务院办公厅联合下发了《关于隆重庆祝中华人民共和国成立七十周年，广泛组织开展"我和我的祖国"群众性主题教育活动的通知》，通知指出，为了永远铭记新中国筚路蓝缕、艰苦卓绝的奋斗历程，永远铭记英雄模范承载的爱国奉献精神，决定在全国范围内开展"新中国最美奋斗者"评选活动。经过推荐报道、群众投票、审核公示、宣传发布等环节共评选出278位新中国最美奋斗者和22个新中国最美奋斗集体，裴志新与袁隆平、陈景润、屠呦呦、黄继光、邱少云、杨根思、孔繁森、焦裕禄等众英模一起荣膺了共和国成立七十年来的最高奖章。

得到这个喜讯，为成功培育推广宁春4号而跨越千山万水、历经艰难险阻的裴志新已昏迷在床近两年了。二女裴敏替他上北京领回了奖。9月26日，为便于记者摄像，家人把他抱到沙发、靠在沙发背上。当人们把熠熠生辉的"新中国最美奋斗者"奖章挂在裴志新脖子上时，他低垂着头颅，没言语一句话，只是嘴角微微上翘，欣喜的是慢慢睁开了眼，呆滞的目光盯在胸口，仿佛要把奖章与自己的心紧紧粘贴在一起……当我看到这张照片时，内心十分纠结，既为裴志新未能享受到这一幸福时刻而倍感惋惜，又似乎觉到这才是新中国最美奋斗者中最令人动容的一张照片。要奋斗总会有牺牲，要奋斗总得有失去，那一个最美奋斗者的肉体或精神上没受过伤痛呢？只是裴志新病在大脑这个生命的要害处，成为一个植物人，让人心痛万分。裴志新带上这个金色奖章时，记者多么希望他能发表一番获奖感言，哪怕一个字也行，表明他知道了。但裴志新一言未发，一丝表情也没表露，让年轻的记者甚为遗憾。但从贯穿他一生的高尚品格中不难得出，在他眼里自己所做的一切都是应该的，没必要去高谈阔论，大声张扬。反之，贪图虚荣能成为最美奋斗者吗？浅尝辄止能称得上最美奋斗者吗？钻营利己能配当最美奋斗者吗？七十年来，新中国取得的一切成就都是亿万人民流血牺牲，不畏艰

难险阻，舍小家为大家，锲而不舍奋斗的结果，278 位最美奋斗者和
22 个最美奋斗集体只是他（她）中的杰出代表，我要振臂高呼：
"奋斗者万岁"！向"最美奋斗者"学习！

裴志新内心贴着这份崇高的荣誉，又在病榻中昏睡了二年多。

2021 年 12 月 20 日上午 9 点 20 分，裴志新在家中病榻上平静离
世。奇怪的是，在逝世前半个多小时，他还在床上与家人简单交流。
突然，头一歪，溘然西去，阴阳两隔，任凭妻女如何哭喊，他已永
远不会张嘴了。幸好在回光返照期间，他已得知自己被评为新中国
最美奋斗者的喜讯，也许，是苍天怜悯这位历经磨难、终身为善、
一心为苍生造福的优秀育种人，特意为他准备路上带的精神食粮，
使他在西行长途中不至于太空寞……

梦圆则走，应是人生最完美的从容和最潇洒的谢幕。裴志新不
愧是睿智者，临终前没选择去医院，既让自己免受了许多痛苦，也
使家人省去了无尽的折腾，又替医院和医保部门节约了许多人力、
物力、财力等资源，干干净净、利利索索去了该去的地方。人生自
古谁无死，留取丹心照汗青。见好就收，该别就别，一切没有舍不
得，放不下的，裴志新临走还给后人留下了一束智慧之光。令人痛
心的是，他享年还未到全国的平均年龄，走得太早了一点……

第七章　冰心玉洁

　　五千年中国文化，历来推崇个人品德，主张修身养性、知书达礼、知行合一、经世济民、饮马投钱，不损公利。宁夏永宁县良种繁殖场与后剥离出来的永宁县小麦育种繁殖所，都是只有寥寥几个正式编制的县属科级事业单位，之所以能培育出四十年久种不衰的春麦良种，与裘志新几十年身先士卒、鞠躬尽瘁、克己奉公、清廉如水的优良作风分不开的。用裘志新的话说："作为一个党员，尤其是党员干部，一定要按党章要求，做到表里如一、知行合一、己人似一，不能拿马列主义手电光照别人，而要多照自己，多找自身的毛病，对自己和家人更要严格要求，遇到好事先想群众，面临急难险阻的关键时刻须率先前冲，因为任何事非一人能所为，需依靠团队的力量才能成就大业。因此，只有你比别人做得好，群众才能信服你；唯有你比别人优秀，大伙才愿跟你走，团队才有凝聚力和战斗力，党组织才有威信。否则，要共产党员干什么？要领导干什么？干部干部，先干一步；领导领导，既领又导。群众最忌说一套做一套的两面人，有的单位搞不好的根本原因也在于此。"他常说："芸芸众生鲜有智力障碍者，只有自己蠢。一个用世界上最先进思想哺育成长起来的共产党人，如果连这一简单道理都不明白，他就不佩这一称号，更玷污了党的荣光。"此话出于一个科级基层干部之口，让人敬叹不已，仿佛有惊世之感。

立身行为先

裴志新从被抽调到良繁场担任团支部书记和小麦繁殖管理员开始，就总结了廉洁聚人、身正带人、公平服人、诚信感人的基层工作法，带领团队绰厉奋发、笃行不怠，创造了常人无法企及的骄人业绩。

早在永良4号起步时，他就说服妻子，牺牲小家利益，拿出寄托全家生活希望的半亩自留地当试验田。此后，在一百余天中，他起早贪黑，辛勤耕作，收获了种性纯正的索诺拉64与宏图杂交的F0代11粒籽种，与团队一起，开启了宁春4号的漫漫征程。

北育南繁是决定宁春4号成败关键和最为艰辛的持久战。裴志新从事育种工作四十年，参加南繁三十五次，每次来回万里之遥，总行程达十七万公里，相当于环绕地球四次之多；每次离家按百日计，总计约3600天，相当于十年不在家；他在南繁地平均每天工作12小时以上，从没有节假日，仅此一项，等于额外加班2000多个工作日，不仅为团队成员做出榜样，重要的是将12年良种定系育成时间缩短为不到4年，为培育新品种赢得了宝贵的时间。由于他长年不在家，李凤香既要出工挣工分，又要照顾年幼的三个女儿，苦不堪言。一次，年幼的二女锁在家中，因无人照看，从炕上摔了下来，导致右臂骨折；大女儿住院做手术，由于大夫检查不细，李凤香又不太懂医疗知识，险些造成残疾……对此，裘志新难道不心疼吗？他不想回家陪陪妻女吗？但他不能退，更不敢退，因为背后有众多双眼睛在盯着自己，只要他一退缩整个南繁事业就扯了，只能咬破舌、打掉牙和着血往肚里吞，这是自己的职责和使命决定的，谁让自己是共产党的干部呢？

1991年，裘志新担任从良繁场剥离出来的永宁县小麦育种繁殖所所长，仍一辆摩托闯天下，由于经常早出晚归，加之视力不佳，几次险些出事，他的老领导已调任分管农业的永宁县副县长伍光义劝他，单位该买辆公务车，一可提高工作效率，二能保证人身安全。但裘志新觉得育繁所经费紧张，怎好意思化十几万元为自己买车呢？谢绝了老领导的好意。谁料伍光义一语成谶，1999年，裘志新骑摩托车外出遭遇车祸，五根肋骨和锁骨骨折。自治区领导闻讯后十分重视，给他联系好当地医疗条件最好的宁夏医科大学附属医院干部病房住院。但为了方便工作，裘志新婉拒了领导好意，选择在永宁县医院普通病房（三人间）住院治疗。为不影响南繁的各项准备工作，他不等病愈，便让助手将育种计划书拿到病房修改。伤筋动骨一百天，如受伤部位不能固定住，将严重影响治疗效果，但谁也劝不住，主持大夫只好无奈的摇头离开了。受伤后，相关领导十分关心，但又深知裘志新的为人即使给育繁所下拨购车资金，裘志新也舍不得买，最后只好以银川市人民政府名义赠送给育繁所一辆公务用车，并强调属裘志新专用，一时成为佳话。

由于长期超强度忙于田间地头工作，专注于选育良种，使裘志新患有颈椎痛、肝血管瘤、高血压、脑供血不足、腰椎间盘突出等多种疾病。自治区领导从关爱专家健康出发，为他制定了医疗费实报实销的特殊政策，但他从不主动去医院看病，更不利用这项特殊政策为家人谋取一片药的利益。长期在社会底层摸爬滚打的他深深感悟到，作为一个基层领导，讲得好不如做得好，群众不信你讲的，只看你做的，只有自己做出表率，群众方能服你，你才有资格堂堂正正站在群众面前讲话，这级组织才能真正发挥作用。

饮马则投钱

饮马投钱的典故出自唐·徐坚《初学记》："安陵清者有项仲仙，饮马渭水，每投三钱。"意思是项仲仙在无人监督情况下，所骑之马在渭河饮水后，自觉投钱于水中作为酬答，比喻为人清廉，慎独克己，不损公肥私，不贪图小利，知行合一。

裘志新作为宁春4号主要发明人，担任育繁所所长20多年，从不假公营私，以权谋利。1980年8月的一天，宁夏吴忠左营五队的回族老农马占宝受全队社员委托，扛了一只羊羔来永宁县城看望裘志新，感谢他培育出高产、稳产、优质、广适的宁春4号春麦良种，让种麦人增加了收入。马老汉颇费一番周折找到了裘志新家，恰遇裘志新出差在外，只有妻子李凤香在家。马老汉进门后深情地说："裘工培育的宁春4号让我们的钱袋子鼓起来了，我受队上乡亲们委托来看望他，希望他再接再厉培育出产量更高的良种，让麦农们早日过上小康日子。"马老汉说完，撂下羊羔转身就走，李凤香撵也撵不上。裘志新出差回来听说后无限感叹，二话不说，立即到邮局以高于市场一倍的价格，给马占宝汇了七十元钱，并在汇款单留言处写道："占宝老哥，感谢您与社员们的厚谊，情我领了。今汇上七十元钱，烦您代我请全队种麦人吃一顿饭，表达我庆贺你们丰收之意。我一定加倍努力，力争培育出产量更高、品质更优的新良种，不负麦农兄弟们的期盼！代问父老乡亲们好！裘志新敬托。"当马占宝收到此款后激动地向广大社员说："我活了快七十年了，没见过这样的好干部，他是我们农民自己的专家！有裘志新在，明年每家每户的麦田往大里扩，没一点问题。"此后，左营的宁春 4 号种植率达到百分之一百。

类似事情，裘志新都用这种方式处理，既不伤对方自尊，又加强了育种机构与麦农们的血肉联系，遗憾的是增加了家庭开支，无法向老婆交账，真是难为他了。

2013 年，裘志新荣获"塞上英才奖"，宁夏政府奖励他个人 50万元奖金，这是自治区成立以来设立的最高奖项。当时，裘志新三个女儿两个在家待业，生活十分拮据，本可以拿这笔钱补替家用。但裘志新认为，工作不是我一人干的，奖金绝不能独自享用。于是，他将一半奖金捐献给所里，弥补科研经费不足。另一半与二十多位曾参与（含己调走的同志）和将要参与该项目研究的同志们共同分享。2000 年来所工作的宁夏农学院毕业的硕士陶媛回忆当时情景依然激动不已地说："当裘所长把我请到他办公室，拿出奖金分配表征求我的意见，并给我一个内装一千元的红包时，我眼睛湿润了，愧疚地问，我未赶上当年宁春 4 号研发，为什么还给我发奖？裘所长笑了笑回答，当年你是没参加，现在你不也在继续这项事业吗？受之无愧啊！我被裘所长高尚的品德、阔广的胸怀，做事像水晶那样透明，做人如白玉般无瑕的高尚品格所折服，这束道德之光将照亮我终生。"如今，陶媛作为少有的高学历女性育种科技人员仍在该所踏实工作，与男同志一样，长年奔走于田间地头。

二十世纪九十年代末，自治区科协换届，有人推荐裘志新为副主席人选。当时，一位朋友建议他跑跑上面，联络联络感情，一旦当选可享受副厅级待遇。但他决绝地说："萝卜白菜，各有所爱，人生也非走仕途一条路。再说，我不喜吃吃喝喝、走后门、拉关系这一套，也不善仕途，只钟情育种，一切顺其自然，选不上，更能让我集中精力搞育种。"又有一次，他被提名为县政协副主席人选，他干脆婉言谢绝了。他一生，除永宁县育繁所所长一职外，再无其他行政职务，这反倒使他集中精力尽心工作，成就了育种事业。

裘志新从事育种科研工作数十年，有不少出国交流和考察的机会，但他都借故推掉了。好不容易等到改革开放，人们都想找机会出去转转，开开眼，这似乎也是人之常情，无可厚非。但裘志新却认为，育种事业最好的课堂是大地，最重要的学养是积累，最根本的考量是坚持，最关键的突破是在理论与实践结合基础上的探索创新，凭短短十几天出国转悠解决不了根本问题，世界上重要的科研成果大都登在专业刊物上，只要上网一搜便知晓了。再说，核心的东西别人也不会让我们看，且还需支付一大笔考察费用，实在划不来，我们所的科研经费够紧张的了，一趟出国费用相当于十来次南繁差旅费，我不能干这种被人戳脊梁骨的事。裘志新就是这样一个把公家的利益看得比天大，一心精忠为国之人。为此，他终生未走出国门。作为全国劳模，每年都有一次疗养机会，为了工作，他一身仅去了一次。所里的同事无不交口赞美道："裘志新是位一心为公的人民科学家，一个真正的共产党员，这样的干部多一些就好了！"这是裘志新离世后，我去育繁所采访时同仁们对他的评价。真如电视连续剧《宰相刘罗锅》主题曲所唱："天地之间有杆秤，那秤砣是老百姓，秤杆子哟挑呀挑江山，你就是那定盘的星。"

"三不"严治家

古人说，天下之本在国，国之本在家，家之本在身。家风是一个家庭乃至一个家族的血脉传承，是一个家的精神内核，也是一个社会的价值缩影。好的家风，犹如一笔永世传承的精神不动产，让子孙后代持续受益。

裘志新三个女儿，他经常告诫孩子们，要靠自己去努力奋斗，不要有"沾光"思想，国家给我的荣誉和待遇是激励自己培育出更多良种，助力国人把饭碗牢牢端在自己手中，不是你们的人生阶梯！

大女儿裘虹就读于西北轴承厂技工学校，毕业后与大女婿同在西轴厂工作。西北轴承厂曾是宁夏工业战线一面旗帜，创造过无数荣耀，一九六五年根据国家三线建设部署和靠山、隐蔽、分散的战略方针，从东北瓦房店内迁到宁夏平罗县贺兰山里的大水沟。随着时间推移和社会发展，厂子所在地的人口急剧增加，职工生活难题日趋增多，1988 年又迁至银川市西夏区。在实施社会主义市场经济新体制后，相关政策发生变化，企业改制，裘虹与不少职工下岗，生活陷入困境。当时的裘虹是多么希望父亲利用自己在自治区和银川市的影响，帮她调换一个单位。但裘志新遵循"恋亲不为亲徇私，念旧不为旧谋利，济友不为友撑腰"的古训，满含深情地对裘虹说："你是我女儿，我能不关心吗？你生活上困难我可尽自己的能力接济，但你要调换工作单位，我实在无法向领导张嘴。"就这样，裘虹长期待业在家。

二女儿裘敏就读于宁夏农学院，毕业后分配在永宁王太堡的农作物研究所工作。二女婿原在永宁县职业中学任教，因生源不足教改时学校被撤销，也待业在家。此时，银川市政府已给裘志新配了专车，而所里又没有司机，二女婿希望给老丈人开车。裘志新知道他的想法后，语重心长地说："你不是我们所的正式职工，不能给我开车。即便调到我们所，你是我女婿，当我的专职司机也不合适，届时所里的同事会怎么想、如何看？希望你通过自己奋斗来改变命运。"二女婿接受了老丈人的意见，发奋学习，后来成功应聘到永宁中学，当了自治区重点中学——永宁中学的教师。

三女儿裘勇毕业于成人大学，无固定工作单位，一年到头打零工，后经人解绍，认识了毕业于银川师范学校，在永宁县望洪乡西玉小学当老师的贺万平。贺万平身高1米7，浓眉大眼，为人忠厚，知书达礼，裘勇甚是喜欢。但贺万平出身平寒，父母皆是老实巴交的农民，家中六个孩子，四男二女，他排行老四，日子过得紧巴巴的。当贺万平在介绍人陪同下带了一兜水果，上裘志新家提亲时，裘志新非常爽快地说："只要你俩真心相爱，我们大人没有意见，也不在乎你家境贫富，更不要一分财礼。但再不行总得有个窝，新房买不起，买个二手房也行，这是我唯一的要求。"后来，裘勇小两口跑遍了永宁县城，看中了一套建筑面积80余平方米的两室户，价格也好不容易谈到6万元，但贺万平东凑西借只筹集到4万元。一分钱难倒英雄汉。当裘志新从小女处闻讯后，不等小两口张嘴，立马给贺万平打了两万元，圆了他（她）们的购房梦。2000年3月25日是裘勇大喜的日子，谁知这天惹得裘志新十分不快。原来政府给裘志新配的公务用车，司机擅自接裘勇去新房了。裘志新获悉后大发雷霆，把司机狠狠训了一顿，告诉他今后除了送病人等紧急情况外，不管是谁差遣，也不管什么原因，只要再发生公车私用的问题，你就不要开车了，这是作为公车司机应守住的职业底线。事后，裘志新向财务补交了高于出租车一倍的用车费（80元）才算完事。婚后，贺万平起早贪黑每天骑车往返三十多公里外的西玉小学，家里照顾不上。不久，裘勇又怀孕了，不宜再外出打工了，贺万平早出晚归又照顾不了，日子过得非常艰辛。贺万平被逼无奈求老岳父帮忙能否调到县城小学。裘志新盯了他一会，叹息说："我也知道你们的难处，但千里长堤，溃于蚁穴，我不能开这个口，你两个姐姐的事我都未管，不是不管，而是有悖于干部廉政守则，不能管，也不应管。领导干部若都用手中的权力和关系千方百计为家人办事谋利，老百姓会怎么看我们，咱们国家能搞好吗？是金子总会闪光，你们还年轻，自己奋斗吧！"此后，贺万平通过教师交流调到永宁县望远小学，虽然离县城近了些，但仍然每天需往返二十公里路。裘勇生育后，家中日子更为艰难，裘志新只是经济上给以接济，始终未向领导张嘴。直到县上统一解决城镇贫困家庭人员就业时，才将裘勇安排到县自来水公司当了一名合同工，从事抄水表工作，老三家总算消定下来。一次，贺万平与我交流，当谈到这段往事时，贺万平内心非常复杂，他说："实事求是讲，我老岳父是位品德高尚之人，一身未给自己和家人谋过任何私利，如今这样的党员干部太少了，我打心底里佩服。如果大家都公平竞争我也服气，但如今干啥都要凭关系，他老人家却仍坚持原则，不是亏了孩子们吗？不知我说得对不对。"我回答："你说的是实话，但并非在理，正因为不少人这么想问题，社会才演变成如今的模样。如果大家都按你丈人的行事方式，正能量就压住了歪风邪气，公开、公平、公正的社会风气就慢慢形成了。而这主要需各级领导干部率先做起，你老丈人是忠实践行者，大家佩服他的道理也在于此。你是教书育人的，这样浅显的道理不难理解。吃亏是福，邪不压正，遇事只有从自己做起，从现在做起，如果大家都按规矩办事，人人讨厌的不良风气也就没市场了，我们一起向你老丈人学习吧！"

与裴志新相濡以沫一身的李凤香，吃苦耐劳，干任何工作不怕苦、不怕累、不怕脏，不怕吃亏，走哪里都招人喜欢。但当家搬进县城，孩子们都出嫁了，自己独守空房，心有不甘。但又不敢向男人张嘴，裴志新也假装瞅不见，李凤香感到十分憋屈。此事让老领导伍光义知道了，他知道裴志新十分珍惜自己的声誉，便没跟他打招呼，趁县环卫公司招聘清洁工时，让该公司按规定程序录用，通过考核，李凤香才当上了一名扫马路的合同制清洁工。她每天清晨五点起身，从头到脚全副武装，穿上黄色工作服，戴上长长帽舌的工作帽，捂上严严实实的大口罩，一把大扫帚，一柄大铁锹，一辆垃圾车，将县城大街从南扫到北，从东扫到西，一直扫到退休。

最让裴志新愧疚的是两位老人去世，他未在床前伺候送终。1968年，老父去世，当时因下乡时间不长，家人没及时告之，待后事处理完才写信通知他，系情有可原。1996年，母亲病危，他正在云南南繁，麦子处于扬花授粉阶段，他实在不忍离去，便到邮电局向家中打了长途电话，并让姐将话筒放在母亲床头，声泪俱下地说："姆妈，我正在云南出差，实在不能回来陪您，请您原谅，只能寄些钱来，让兄弟姐妹给您买点营养品补补身子吧！怨孩儿不孝了……"话未说完，电话那头渐渐没了声音，裴志新在邮电局放声恸哭。但无论如何呐喊，裴志新这辈子再也听不到母亲那熟悉的声音了……在场的所有人听悉后均无比动容。

忠孝自古两难全，更堪痴情育种人。对父母，裴志新确是愧疚不已，每当谈起这段伤心往事，他的泪珠总在眼眶中转动；对贤妻李凤香，裴志新也深感亏欠；在常人眼中，裴志新对孩子们也似乎也未尽到一个做父亲的全部责任。但对工作、对事业、对一个共产党员的党性来讲，裴志新又是绝对忠诚的。这是人生的无奈，有刺的花才称为玫瑰，被世人公认为代表人类最纯洁的爱情；人生因为不完美，才值得我们去守望、去追求、去奋斗。有人说，裴志新除了育种和与育种相关的人与事，其他都不往心里搁，这确是实话实说。裴志新除育种外没有任何业余爱好，对工作他会斤斤计较追求卓越，对家中亲戚与孩子们的事，实在难以顾及，能推则推，即使自己的疾病也是能不去医院就不去，硬抗着，真正践行了一个共产党干部的初心和使命。没有这种精神，他能培育出四十年久种不衰的春麦良种吗？没有这种精神，他能获得全国优秀共产党员殊荣吗？没有这种精神，他能成为新中国最美奋斗者吗？人无完人，金无足赤，对这位魂系小麦、痴情育种的麦翁，大家是否应宽容一些，如今，像裴志新这样高风亮节的干部太珍贵了，我们不应再求全责备了。

第八章　铁骨柔情

裘志新，面容严肃、言语不多，行走疾步如飞，喜怒不形于色。他在布满棘刺、崎岖不平的漫长耕耘路上，志坚如钢、不屈不挠；对自己要求严酷、言出必果；对工作一丝不苟、追求卓越；对制度一以贯之，不容变通。初看，裘志新似乎冷峻无情、铁石心肠。实际上，他对麦农、对同事、对乡友，犹如熊熊燃烧的一团烈火，把大家紧紧粘在一起，成就了育种大业，让人刻骨铭心、难以忘怀。

最念麦农谊

内蒙古自治区是宁春4号推广面积最大的省（自治区），年种植面积超过三百万亩，尤其是杭锦后旗光荣乡春光二队的种植户张文祥创造了亩产666,5公斤的高产纪录，裘志新一直铭记在心，希望有机会去当面请教。这一天终于来了，1996年清明后，裘志新应邀去杭锦后旗讲授提升宁春4号种质的提纯复壮2.0版细则和方法。

杭锦后旗属河套地区。河套，狭义上讲，指黄河几字湾周边的冲积平原，母亲河三面环绕，到此后，先向东北方向流，后折向东去，在准格尔旗附近再一泻千里南下，前后形成了一个马蹄形大湾，总面积达2.5万平方公里。其中阴山以南的包头、呼和浩特一带称为前套，南北朝时称敕勒川；乌拉山以西的巴彦高勒地区称后套。此区域整个地势由西向东微倾，地表平坦，水资源充沛，日照丰富，早晚温差大，且母亲河自流灌溉，有天下黄河独富一套之美称。早在秦汉时期，先民们就在此开渠引水，发展农业，广种小麦、高粱、玉米、向日葵、胡麻等粮油作物，被誉为"塞北谷仓"。广义上讲，河套指阴山以南，乌拉山以西，贺兰山以东的广袤区域，银川平原也涵盖在此，简称西套。前、后、西三套地域相连、自然环境及农作物种植、耕作方式方法几无区别。为此，内蒙古河套灌区自然成为宁春4号在外省（自治区）种植面积最大的地区。裘志新是借用上级部门的车去的，为不让麦农久等，天麻麻亮就动身了。沿途小麦已出苗，大地一片翠绿。尤其这里还是闻名天下的梨花之乡，万亩梨花洁白如雪，香气四溢，娴适浪漫，宛如进入了人间仙境，颇有"一夜春风惹人醉，万顷梨花作雪飞"之意境。裘志新默默赞叹这方风水宝地，许下了今后要加强与该地政府和麦农联系，使之成为宁春4号在外省（自治区）推广示范基地的心愿。

　　当裘志新赶到旗政府，步入已坐满麦农的会堂时，主持会议的旗长见了，宛如多年未会的老朋友，身材高大的他一把将瘦小的裘志新搂入怀中，紧紧相拥，差点把他抱起来，并扯着大嗓门对电视台的记者说："你们好好拍，我们大田里生长的高产小麦就是这位专家培育推广的，吃水不忘挖井人，把这位育种专家好好拍下来，让全旗的干部群众认识一下。"裘志新挣脱了旗长，快步跃上讲台，试了试麦克风后便动情地说："我今天主要不是来讲课，而是来拜师学艺的，你们旗光荣乡春光二队的张文祥创造了高产纪录，亩产比宁春4号发源地的宁夏还高，值得我来学习。三人行必有我师，今天我是拜师学艺来了，在座那位是张文祥师傅，请您站起来让徒弟认识一下。"高大魁梧的张文祥羞涩地站起来说："裘老师，实在不敢当，您才是我们的老师，没有您，哪来宁春4号啊！"

裘志新快步从讲台后面绕到讲台前，恭恭敬敬地向张文祥行了拜师礼，台下响起了热烈掌声。张文祥慌忙走到台下听众席首排座前向裘志新回了三个鞠躬礼，台下又向起一片掌声。裘志新随即跳下讲台与张文祥紧紧拥抱，拍着他的背动情地说："张师傅，太感谢您了，您为宁春4号开创了大地亩产的最高记录，值得我尊敬，更值得我学习。我这次来的主要任务是向您取经来了，希望您悉心传授，千万不要保守，一花独放不是春，万紫千红春满园。开完会，我还得上您家的麦地瞅瞅，学习您是如何登上宁春4号大地亩产制高点的，您这独门技艺需好好复制推广才行啊！"不善言辞的张师傅也激动地说："裘专家，您过奖了。我是个庄户人，只知道庄稼一朵花，全靠粪当家。我家的羊养得多，羊粪也多，我就把底肥上的足足的，可能是瞎猫撞上死耗子，碰巧了，其他没啥可学的。还得感谢您啊！没有您，哪有宁春4号呢！"参会的麦农们都拥了过来，一个个伸长脖子仔细听了二人激动人心的对话，两人话毕，整个会场响起了长时间的唤呼声和雷鸣般掌声……

裘志新向杭锦后旗的麦农们主要讲解了提纯复壮2.0版中具体各种保持优良种性的耕耘管理方式方法及其要领，也解释了每一种方法的原理及作用，实施过程中应注意的事项，尤其强调提纯复壮

2.0版中的管理6方不仅专业机构可做，种植大户也能做，只要按标准实施后，大家都可在自己种植的大地中选育和适时更新升级后的良种，不用舍近求远去宁夏种子站购买新籽种，既省时，又省力，还省钱。裘志新深入浅出的语言和情系麦农的心绪获得了与会者经久不息的掌声。

讲完课，在旗长陪同下，裘志新与部分参会麦农来到张文祥家的承包地。只见麦苗一片墨绿，长势旺盛，比邻家的麦苗高出半寸之多。裘志新下到湿漉漉的地里，蹲在苗前，俯身拔起两株麦苗，见根系发达，秧苗壮实，甚是兴奋。便问张文祥："张师傅，您的地里上的什么肥？"

"羊粪。"

"上了多少？"

"一亩地满满五大车，我将圈里的羊粪全起了都上了。"

"您趟头水啦？"

"大渠的水还没下来，我用机井里的水灌的。"

"这就对了，宁春4号就喜欢基肥足，尤其是农家肥，更渴望头水灌得早，刚才我在讲课时已强调了，这样做根系发达，苗情好，秧苗壮，为后期丰产打下了基础，也应验了我们提纯复壮2.0版和管理6方的认知与方法。旗长，你们要好好总结推广张师傅的经验，如果全旗都按张师傅的方法做，我保证你们亩产至少可增加100斤。"裘志新激动地说。

"是吗？那我们一定照办，太感谢裘专家了。"旗长茅塞顿开地答道。

破解了张文祥高产密码，主人非邀志新去家中坐坐。恭敬不如从命，加之裘志新很想交张文祥这个朋友。

张文祥家是一排白瓷砖饰面的平房，室内光线明亮、客厅宽敞。刚入座，主人就按内蒙古人习俗，向裘志新敬献了哈达，倒上了乳香四溢的奶茶，端上了堆得尖尖的一大脸盆冒着热气的手抓羊肉和凉拌沙葱、凉拌苦苦菜、凉拌土豆丝等家常菜，既简单又富有地域特色。两位身段苗条、穿着民族服饰的内蒙古姑娘一边唱着《敬酒歌》，一边提着银色酒壶、端着倒满白酒的铮亮银碗，盛情来到裘志新跟前敬酒，裘志新不善喝酒，十分尴尬。旗长使用激将法："裘专家，您若不喝，我们都站着，请您给大家一个面子，本应喝三碗，但今天您的课讲得好，照顾您，只喝一碗，喝了我们才敢入座，这是我们对尊贵客人应有的礼节，否则，说明我们对客人招待不周，客人对我们有意见。内蒙人历来是热情好客的，您不能破了这个规矩。"裘志新被逼无奈，只好一仰脖子将满满一银碗酒倒进了嘴里，脸上霎时泛起了一片红晕，嘴上喷出了一股酒气，气管被呛一个劲咳嗽不已，众人却鼓掌喝彩。

内蒙人凡来贵客的饭局，有个不成文的三部曲习俗，即喝酒、唱歌和跳舞一起上。裘志新外表严肃，但骨子里却长满了文艺细胞。由于他上学时长期担任班干部，下乡第二年又被选为生产队团支部书记和大队团总支委员，抽到良繁场又担任团支部书记，后又兼任县农业局团总支书记，各种文艺活动没少组织，吹拉弹唱皆熟悉，蹦蹦跳跳的活计也信手拣来，只是平时工作忙不外露而已。今天，见到张文祥，又轻松破解了他的高产秘诀，内心较为激动，就客随主便放开了。在旗长和麦农们一遍遍欢呼声中，他与内蒙古姑娘合唱了草原民歌《敖包相会》，把在场的乡亲们给震了。那深情悠扬的内蒙长调伴随着姑娘曼妙舞姿，将人们的心绪带向了辽阔的绿色草原，充分表达了草原儿女对美好爱情的向往和"敕勒川，阴山下，天似穹庐，笼盖四野，天苍苍，野茫茫，风吹草低见牛羊"诗画般家乡旳赞美。麦农们没想到裴志新还有这么一手，似同专业水平，大家震惊不已，非要再来一首，裴志新被逼无奈，在两位内蒙古姑娘伴舞下，又独唱了一首《草原之夜》，再一次赢得了满座的热烈欢呼和久经不歇的掌声。农牧民们还不依不饶，非要裴志新接着唱，值到旗长代唱才罢休。这次聚会使裴志新与农牧民的感情更融洽了，心也贴得更近了。有人说，内蒙古是歌的故乡，舞的梓邦，酒的海洋，裴志新有了切身体会。裴志新私下里欲把杭锦后旗作为宁春4号在外省（自治区）的推广示范基地的意向与旗长谈了，旗长满口答应，为便于沟通交流，联系点就放在张师傅家，联系人就是张师傅。

　　吃完饭，已夕阳西下了。旗长非拽裴志新去旗上宾馆住，裴志新咋拉也不走，他动情地说："谢谢领导和同志们，我难得来一趟杭锦后旗，今晚就住在张师傅家，我们师徒俩好好拉拉种麦的经验、体会和示范基地的运作方法，请大家成全。"

　　当晚，裴志新与张师傅同睡在张家的热炕上，两人交流了宁春4号从施肥播种到灌溉淌水，从防病防虫到选种保管的经验和体会。两人又聊了示范基地的运作方式就是加强相互间联系，张师傅表示不要一分钱酬劳。裴志新还向张师傅讲了宁春4号从亲本选择到在自家自留地试种F0代，从北育南繁到提纯复壮，从被人冷讽热嘲到获得国家大奖，从在周边省（自治区）推广到被中亚国家引种，从入选国家种质资源库到被联合国世界著名小麦育种专家盛赞等全过程中那些即兴又痛、既欢又忧、既喜又悲，历经坎坷、饱受磨难的动人故事，张师傅听得潜然泪下，俩人直聊到公鸡打鸣才迷迷糊糊睡去……

太阳在东方地坪线上喷薄欲出时，裘志新便起身了，洗漱后喝了一碗奶茶，吃了一个干饼子欲要动身，张师傅全家人说啥也不让走，裘志新因下午要接待来永宁观摩的甘肃省麦农代表，必须中午赶回所里，好说歹说，张师傅才放行。临上车时，张师傅提着一只宰好洗净的大羯羊非让裘志新带上，裘志新说啥也不要，两人推来搡去争执不下。裘志新只好严肃地说："君子之交淡如水，张师傅，您若认我是朋友，请把这只羊拿回去，我从未收过任何人的礼品，您也不要坏了我这个规矩；您若不认我这个朋友，我把羊拿上但必须照市场价格付钱，且我们的情谊到此为止了。"一番话说得张师傅满脸通红，只好让家人把羊拿了回去，但一再嘱咐裘志新下次来时，一定要把全家人带上认个门，互相当亲戚一样走动。张师傅和家人把裘志新送到村口，大人孩子都怀着崇敬的目光与裘志新握别。一眨眼工夫，车上了公路，但裘志新从后视镜中看到张师傅一家仍站在原地，不停地向他挥手致意，他的眼睛湿润了……

人生难得一知己。没想到裘志新的知己是位憨厚朴实的麦农。从此，裘志新和张文祥成为至交。裘志新有什么良方良法就尽快通知他，张师傅或乡亲们遇到难题和自然灾害时也及时向裘志新请教。逢年过节互相问候，张师傅来银川办事只要裘志新不出差，总会绕道永宁去看望，二十多年没断了来往。张文祥家作为永宁县小麦良种繁殖所在外推广示范基地，有效推动了宁春4号在该区域种植推广。张文祥经常与人讲，从未见过如此礼贤庄户人的专家，就凭他这股谦虚劲，种田人就愿意和他说心里话，他也一定能培育出更多的优良品种。当得到裘志新病逝的噩耗，旗政府和张师傅均悲痛万分，都敬献了花圈和挽幛。

深情藏沃土

裘志新常对同志们说，有缘才能成为同事。裘志新在部下面前从不端架子，用他的话说，何为领导，领导就是服务，摆什么臭架子，干群一旦有了距离，就没人跟你讲真话，自己便成了睁眼瞎。南繁时一日三餐，他主动为大家做吃做喝，逢年过节总把单身职工请到家里来团聚，这股从心灵深处流淌出来的温情，增添了与同事们的情谊，使大家团结一心，克服重重困难，创造了宁春4号四十年久种不衰的传奇。

裘志新的徒弟，现为育繁所高级农艺师的李前荣至今都清晰记得初见、初识裘所长和他呕心沥血哺育自己成长的情景。

李前荣初见裘志新还在宁夏农学院上学。那天，裘志新来学院礼堂做报告，李前荣坐在台下，只见一个皮肤黝黑、个子瘦小、步履敏捷、戴一副眼镜，既像知识分子又不像知识分子的报告人跃上讲台，同学们掌声四起。通过主持人介绍，李前荣才知道，他就是大名鼎鼎的春麦育种专家——裘志新。那天，裘志新主要讲了育成宁春4号的一些体会，他说话带有浓重的浙江口音，虽然听的不是十分清晰，但明白了大概意思，李前荣十分敬佩裘志新，听了报告才真正懂得了学农和育种有如此大的人生价值、经济社会作用和意义，内心涌动起这辈子要跟裘志新学艺，做一名为家乡争光、为乡亲们增收的育种人的心思。

2003 年 6 月初，李前荣大学毕业。他获悉裘老师单位在面向全区招聘人才，便喜出望外，与另一位同学换了一套崭新行头，骑着自行车，沿着汉延渠陂来到永宁县小麦育种繁殖所。他记意犹新的回忆道：那天我们的运气很好，裘老师未外出，一进单位大门，便见到了穿着白衬衫、蓝裤子，戴着一副眼镜，身材瘦小，精明强悍的裘所长。我俩说明了来意，裘所长将我们领到办公室，为我们倒了水，并询问了几个问题，主要是了解我们的基本情况，即是否农家出身，家中几口人，收入如何，有否干过农活，能否吃得起苦，在校学了那些专业知识等。他不大的眼睛射出的犀利目光，不停在我们身上扫射，我俩不敢正视。他语速很快，直击要害，见我们光鲜的外表，半开玩笑半认真地问我们是否带有干活能穿的旧衣服，一会去所试验地，不要把你俩的形象搞脏了。我们一脸茫然，谁也想不到还没录用就要干活。他再没多问，只说："育种人的考场在大田，跟我下地吧！"说完，他换了雨靴，戴上帽子，带我们到所试验田。

他步伐很快，我们紧紧相随。试验田一片翠绿，麦子长势喜人，一派生机盎然丰收在望的喜人景象，与我想象的相似，只是早晨露水多，鞋和裤脚都湿透了，这时我俩才明白裘所长换雨靴的道理。他不停地带着我们从一块田穿越到另一块田，一边走一边向我们讲解分析每块田的小麦长势，整整忙乎了一天。首日应聘，我深感他是个与众不同的老师，尤其是唯实、重实、求实，只信自己的眼睛，不信耳朵，给我留下了终生难忘的影响，遗憾的是我俩崭新的行头

141

全弄脏了，非洗不可了。

第二天，我们换上工作服来到育繁所，继续跟裴所长下地。下午，裴所长要求我俩仔细观察小麦的形态，记住小麦片叶有7—9片，宁春4号的旗叶有弯曲的特征，选种圃隔一段距离长得高高的小麦为诱发行等基础知识。

第三天是周五，早晨上班时裴所长告诉我俩晚上一起去他家吃饭，在麦地里一边走一边还要观察麦子生长情况，无法深聊，在饭桌上敞开聊聊。他家房子不大，十分简朴，没一件高档家具，但收拾得十分整洁，玻璃窗也擦得十分明亮，师母非常热情好客，给我们泡茶递烟，她满口宁夏口音，让我们增添了亲近感。在饭桌上，裴所长语重心长地说："育种是农作物丰产的基石，贡献率超过40%，国家十分重视。然而育种又是个苦行生，一年中大部分时间在黄土地上作业，挖沟起垄、施肥播种、灌水除草、防病灭虫、采粉授粉、风吹日晒、蚊叮虫咬，不尽的辛劳。虽是农技人员身份，但我们的实验室在大地，干的却是农民的活计，面朝黄土背朝天，吃苦耐劳是育种人的基本功。而育种又是直接为民造福的营生，犹如历史上治天下水害的大禹、尝遍百草的神农、建筑广厦的鲁班，生来就是专为天下苍生排忧解难的，责任重大使命光荣，只要不怕苦，耐得住寂寞，喜欢这个行当，能往深里钻，就一定能有所成就。希望二位好好学艺，将来成为促进麦农脱贫致富的优秀育种人。"他还以自己成长为例，告诫我俩一分耕耘，一分收获，世无捷径，勤奋成才，一勤天下无难事，一惰万事成蹉跎的道理。这顿饭给了我们很多启发，尤其是明白了育种人的职责和使命，懂得了吃苦耐劳是一个育种人基本功的道理，增强了我们干好育种工作的信心。我俩暗下决心，向裴所长学习，一定要干好育种工作，为百姓造福，让自己的人生出彩。

第二周，有一天下雨了，我俩一阵窃喜，以为可息雨工了。不料，裴所长把我俩请到办公室说："杂交是育种工作中最为关键的一步，你们来晚了，过了大地小麦的抽穗期，今天下雨，办公室前面种的是没进行春化处理的冬麦，正在抽穗，你们准备一下杂交工具，我教你们怎么做杂交。"我们只好从命。他十分仔细地教我们如何选穗、整穗、去雄、套袋。后因雨下大了，他说采粉授粉以后再教。我们学得很快，尽管动作笨拙，但要领掌握的比较到位，还是得到了裴所长的肯定，我俩分外开心，欣喜自己遇到了一位好领导，这将是我们一辈子的福分。

裴老师在麦地里亲自面试了我们一个星期，最终我俩都被录用了。录取当天，他送给了我们厚厚的几本书籍和资料，让互相调换着看，有空多学习，并告诫说："事业有路勤为梯，学海无涯苦作舟，天上不会掉馅饼，任何人只能学而知之。学习力是一个人最大的能力，一切成功都是奋斗的结果。"没过几天，所里又购来了彩电、乒乓球台子、台球桌，丰富了我们的业余生活，使我们渐渐爱上了育繁所，喜欢上了育种这一行。

到所试验田麦子扬花时，裴所长又认真仔细地教我们采粉授粉，一丝不苟，步步讲解入微，既教方法，又讲原理，深入浅出，好懂易记。

进入六月下旬，天气开始燥热了，他每天穿梭在麦田里，观察并仔细记录各项数据。裴老师是一个既有心又十分仔细的人，他虽然步速很快，但不放过所遇见每株麦子的可疑之处，见不对劲的地方即记录在案并做上记号。我们紧跟其后，特别注意脚下不能踏折麦子，似乎已感觉到裘所长视麦子如己出，容不得半点损伤和闪失。

七月份开始选种，他边做边给我们讲解选种的目的和操作要领，待我俩都能独立操作了，他才放心。在整个教学过程中，裘老师坚持直观演示法，注重实践性、耦合性和互动性结合。每次讲完，他都要问我俩听明白了吗？对不甚清楚的问题他又再讲一遍；对头天讲过的知识，第二天必在田间地头提问，迫使我们用心记，并仔细琢磨他每句话的内在含义和前后逻辑关系，学做一体的教育方法使我俩学得扎实有效。两个对育种一窍不通的大学毕业生很快掌握了小麦杂交方法，同时，又深深感受到教育必须与实践（生产、工作）相结合，否则，缺乏最基本的认知，是不完全的教育。古人讲，百般无用是书生就是这个道理，现行的教育理念和方法确须改革。我同样深信，如果裘老师在大学从事教育工作，也必然是一个出类拔萃、著作等身的优秀教师。

所试验地中有一块试验田是专门试种节水小麦的。当时，我们很纳闷，天下黄河富宁夏，银川平原还是自流灌溉，为何要试种节水小麦呢？直到裘老师讲解后，我们才明白，我国是水资源非常欠缺的国家，为确保经济社会可持续发展，黄河水采用经济手段调节的分配制度，再不能敞开用水、大水漫灌了。各地都开展了水权制度改革，麦田灌溉用水以量计价，并实行累进制，超过标准的用议价水计费，由此增加了麦农的种植成本，如果不在种子性状上做根本改变，麦农的收益会大受影响，以后谁还愿意再种麦子呢？对此，育种人必须结合实际情况变化，提前培育出适应经济社会发展需要的节水型小麦良种，以取得更好的经济社会效益。经过不懈努力，所里终于在 2005 年培育出节水型小麦—宁春 41 号，适应了经济社会发展需要，也使我们从理论与实际的结合上彻底弄明白了育种人的责任和使命。

七月中旬，小麦收割后进行脱粒。所里有块空旷的打场地，但我们觉得太阳晒得厉害，而所办公室前种有一排槐树，浓密的树冠把阳光遮得严严实实，在这里脱粒既凉快，又挡粉尘，便把脱粒机拉到槐树下操作。裘所长见了满含深意地说："良种的选育只能在阳光下和汗水中完成，不可能在树荫下成功，这也是磨炼大家的意志。"他从不在树荫下逗留，裘所长虽未直接批评，但大家已羞愧难言，迅速将脱粒机转移到阳光下的打场地上，光着膀子干开了。就这样，我们在裘所长的言传身教下，不仅拓宽了育种视野，提高了专业素养，更重要的是增强了育种人吃苦耐劳拼搏敬业的看家本领。2013 年，裘志新因病辞去名誉所长，2016 年李前荣接了班。裘志新病卧在床后，李前荣每次南繁回来，都要去床前问候并汇报工作，听取他的意见。即使裘志新失去知觉后，李前荣也要来汇报，他坚信裘所长只是没有表达能力，内心是清楚的……知师莫如徒，李前荣太了解师傅了，师傅一个眼神，他就知道要干啥，师傅心里装的啥，他十分明白：裘志新满身心装的都是育种工作和弟子们的进步，唯独没有他自己。

丹心映日月

人是生产力诸要素中最活跃的因素，也是育繁所最重要的资源。

在长期实践中，裘志新深深体会到，随着社会发展变化，要使基层育种机构快出成果，出好成果，提升育种效率，必须改变用人结构。当他走上领导岗位后便实施人事制度改革，实行研（研究人员）、学（大学生）、农（有实践经验和一定文化基础的农民）三结合的人员结构，犹如育种选择亲本一样，只有选择优势互补，能取长补短的父本和母本，方能形成最好的遗传基因，以此提高工效和成功率。

20 世纪 90 年代初，裘志新上下班骑车经过一处麦田时，总见一位三十岁模样的年轻农民在挥汗忙活，脚下的麦地护育的墨绿苗壮，田埂上放了一个水壶和一本《小麦病虫害防治》的书。时间长了，他心生惊讶，难得遇上如此热爱庄稼的年轻人。一次，他停车询问这位年轻人，知道他叫张振锁，高中毕业，不愿外出打工，决心把自家的承包地护育好。他说："三百六十行，种田第一行，只要肯下苦，没有干不好的事。"裘志新听了十分高兴，便问他是否愿意来育繁所？当张振锁知道问话的是誉满塞上的裘志新时，颇为激动。但他反问裘志新，为什么看上自己？裘志新实事求是回答："我注意的时间长了，你能吃苦，干活踏实，又有种地的实践经验，还有一定的文化基础，正是我要找的人。"张振锁高兴地说："既然您看得起我，我就好好跟您干，绝不给您丢人。"就这样，张振锁没花一分钱，没托任何关系，进了事业编制的永宁县育繁所。从此，所里五十亩试验地的送粪播种、挖沟起垄、春耕夏收等苦活、累活、脏活，他都一马当先、勇挑重担，为大伙儿所称颂。与此同时，他又刻苦钻研技术，很快掌握了去雄、采粉、授粉杂交等技术活，成为样样拿得起放得下独当一面的育种骨干成员，自己也从普通农工晋升为高级农工。2019 年 10 月的一天黄昏，有记者从县城回银川顺便去采访永宁县小麦育繁所，只见育繁所试验田里，张振锁孤零零的身影仍在地里晃动，此时下班时间已过，同事们都回家了，他似乎成了裘志新精神的自觉传承人，当天的活不干完不回家。他十分崇敬裘志新，对记者说："我能在这里干三十多年，一切都是裘所长手把手教的结果。他吃苦在前，享乐在后，把育种工作看得比天大，将公家的每分钱都掰成两半化，是个大公无私的人，是一位真正的共产党员。我们所有如此大的成就，全凭他身先士卒团结带领大家齐心奋斗的结果。我打心底里佩服他、尊敬他、崇拜他，如今这样的干部太少了……"

做人善为本，做事德为先。裘志新一生践行的是中华民族优秀的传统价值观。

王有堂，高高的个子，儒雅的外表，浓重的吴越口音，但性格较为怪异，原在浙江工作，一九五七年被错划成右派，下放到五千里外的永宁县农场劳动。党的十一届三中全会后平反，被安置在黄河滩边的永宁县种猪场工作。由于经历坎坷，一直未婚，孤身住在永宁县实成小区一套窄小民居中。他在此无亲无戚，晚年生活颇为凄苦。1977 年，因黄河塌方，种猪场解散，他被分配到良繁场工作。裘志新同情他的坎坷经历，又考虑他年事已高，孤身一人，生活上多有照顾。每到春节，只要裘志新在家，都把他请到自己家过年，以解他思乡之情、寂寞之苦，即便王有堂退休后也是如此。2007 年春节，王有堂未来裘家过年，裘志新心生疑虑，便跑到王有堂家看望，但如何敲门也无人应答，裘志新清楚他无处可去，便请人将门砸开，见王有堂四肢朝天，已从床上滚在地上，情况十分危急，裘志新伸手一摸他的鼻嘴处还有微弱的呼吸，便立马拨通 120，将他送到县医院抢救，并替他付了医疗费。经诊断为心梗，由于抢救及时，王有堂捡回了一条命。王有堂醒来后，裴志新又忙于给其亲戚打电话报信，让他们来宁把老王接走。裴志新一直陪至王有堂弟弟来后才离开。当送别王有堂时，他们兄弟俩一左一右紧紧抱住裴志新泪流满面，裴志新不停劝慰，他俩就是不松手。尤其是王有堂一边抽泣一边动情地说："志新，我的好兄弟，你的救命之恩，我无以回报啊！"裴志新也感叹不已地说："我救你，不是图你回报，而是让你明白，人间自有真情在，天涯处处有芳草，换了别人也会这么做的。你要调整心态，快乐生活，人生如白驹过隙，转眼就是百年，何必与自己过不去呢！你放心回吧，永宁方面有事不要客气请来电话，病好了再来宁夏玩，我们家和育繁所永远是你的人生驿站……"王有堂性格怪异，平时，对社会和同事有较重的防范心理。这次裴志新不仅救了他的肉体生命，也治愈了他的心理障碍。

1991年，永宁县小麦育种繁殖所从良繁场独立出来，为加快育种效率，裴志新从外部场所引进了季光仁等四位有实践经验的职工。为使他们安心工作，裴志新想法争取了一笔基建资金，专门为他们盖起了平房家属院，一家一套；为解除他们的后顾之忧，裴志新让老季女人来所食堂做饭，并做通有关部门工作，为他们中符合条件的孩子争取到事业单位正式编制来所当农工，从而使调入的同志全身心投身于工作，育繁所也步入跨越式发展阶段。

曹彦龙是千禧年后分来的大学生。他初见裴志新是在所试验田的麦地里。当时，裴志新正在割麦子，脖子上耷拉着一条白毛巾，头戴一顶旧草帽，如不是脸上一副眼镜，完全是一个庄稼汉模样。割完麦子，裴志新又背着麦子走到地头。曹彦龙相当惊讶：一个事业单位的主要领导，与农民一样亲自下地干农活。入职后，他才知道，裘志新历来与普通职工一样，累活、脏话带头干，从不以领导自居。正由于他深度参与各项工作，完全掌握了育种的第一手资料和数据，没人能忽悠。同时，大家也更敬重他了。

曹彦龙是个要求上进的年轻人。2006 年的一天，他怀着忐忑心情向裘志新提出欲报考中国农业大学研究生的想法。当时，大多基层单位的领导都有人才己有的封闭意识。但裘志新听了，不仅没责备他，且非常爽快地答道："你这个想法不错，我大力支持。科研单位应鼓励年轻人上进，即便你将来不回育繁所，也是为国家培养了人才。"曹彦龙为裘所长的宽广的胸怀而感动。2010 年，曹彦龙研究生毕业，照回所里工作，还跟着裘志新多次赴云南南繁。后来曹彦龙被调到自治区农科单位，还经常回所里看望裘志新和昔日的同事们。

2017 年岁末，曹彦龙与几位老同事相约专程来永宁探望恩师。这时的裘志新病卧在床，已说不出话来，老伴李凤香费劲的将他扶坐在床头，告诉他谁来看你了，奇怪的是裘志新突然点了点头，一副若有所思的模样，只是任何话也说不出来……

曹彦龙一行看到恩师这副模样，霎时悲从中来。从恩师家出来，再也控制不住了，几个大爷儿们不由自主地抱头痛哭，一个往日何等睿智的育种专家如今却病成这副模样，怎不让弟子们心碎欲绝呢？曹彦龙提议大家组成一个微信群，群名为"深情藏沃土"，备注是"岁月照丹心"，目的是传承恩师的精神。曹彦龙深情地说："我们在很多年前师从裘工，这是大家人生中的幸事，我们是在他老人家的精神之光照耀下成长起来的，今天虽然走上了不同岗位，但裘所长永远是我们的恩师，永宁育繁所也永远是我们的事业之根，是大家终身的共同家园。因为有了裴志新，我们才经历了一段特殊的教育；因为有了裴志新，我们内心都确立了追求卓越、拼搏创新的精神；因为有了裴志新，我们皆明白了人活着究竟为了什么这个生命之问！裴老师精神如日月星辰，永远照亮我们的前行之路"。

麦翁已去，但他留下了两大人生之憾：一是超级麦的梦想没能实现；二是宁春4号起点太高，至今无人超越，客观上成为阻挡年轻人进步的天花板。"我耽误了一代人啊！"这是裴志新失去知觉前常说的一句话。他的学生，现为高级农艺师的李前荣坦言，就综合性状讲，若要超越宁春4号还有很长一段路要走……

人生有限，创意无限。耕地有限，科技无限。加油啊！年轻的育种人！你们的师长在九天之上正注视着大家呢！还期待你们的骄人喜讯呢！他也一定会祝福你们的！

本书杀青，时入壬寅年六九节气。七子湖畔落尽叶子的沙枣树迎风摇曳，由金黄嬗变为酱红色的沙枣仍密密麻麻簇拥枝头，相依相偎，不离不弃，抵御风沙，造福苍生，情义之深，生命力之强，天下鲜有其它木本植物能比。春打六九头，冬天已然过去，沙枣树又将迎来新一轮春天，人们祈盼早日见到那芬芳四溢令人心醉的犹怜小花。细想起来，裴志新一身宛如西北大漠中的沙枣树，无论风沙肆虐、旱碱贫瘠，始终不屈不挠、顽强成长，枝繁叶茂，荒漠桑田，花醉乡野，果叶益人，尽其所能，倾其所有，无怨无悔，把全部的爱奉献给了这块黄土地和黄土地上的苍生们！

志新插友，您放心走吧！您的精神之光必将继续照耀着黄土地上前行的人们，大伙儿将伴随您的灵和魂一起向着第二个百年目标踔厉奋进……

附：裘志新生平

一、简历

1947 年 8 月，生于浙江省杭州市。原名裘迪森，家中兄弟姐妹六个，他排行老四。

1953 年 9 月起在杭州上小学。

1959 年 9 月，在杭州上初中，成绩优良，多次被学校评为"三好学生"。

1962 年 9 月，以全校第一名成绩考入杭州六中上高中。在校时，品学兼优，担任班里学习委员，年年被学校评为"三好学生"。

1965 年 7 月，高中毕业参加高考，总分名列全校前茅，因家庭出身原因落榜。他不气不馁，积极报名赴宁夏永宁县农村下乡。为了给家庭出身不好的学生树一个正面典型，校团委于 8 月 21 日召开特别会议，破例在裘志新临行前，解决了他申请三年未予批准的团籍问题。

1965 年 9 月 7 日，他和 633 位杭州市应届高、初中毕业生一起赴宁夏永宁县插队当农民。

1965年9月15日，他在永宁县胜利公社胜利大队第11生产队落户，开启了长达八年的农民生涯。

1966年，他将裘迪森名字正式改为裘志新，表明他一辈子在塞上当一个有文化知识新农民的心志。同年，他担任生产队团支部书记、大队团总支委员。

1968年，他被社员群众推举为大队仓库保管员兼米面油加工厂会计。同年，父亲在杭州病逝。

1969年，他娶同队农家女李凤香为妻，新房安在知青点上。

1972年，他脱产到胜利公社从事农民技术员工作，身份不变。他在农村八年，年年被评为"五好社员"，且每次名列榜首。

1973年3月初，他被正式抽调到永宁县良种繁殖场工作（县属副科级事业单位、简称良繁场），成为月薪36.5元的农工，但从事的却是技术员工作，负责小麦培育管理，同时兼任场团支部书记，后提任为县农业局团总支书记（兼职）。为精心培育F0代籽种，他在场试验地播种的同时，说服妻子，拿出自家种菜的半亩自留地种植了36个组合的小麦新品种，经过精耕细作、授粉杂交、优选单收，当年7月，他优选了索诺拉64与宏图杂交的11粒穗大粒壮的F0代籽种与场试验地收获的种粒一起，为宁春4号打下了四十年久种不衰的基业。

1974年7月，首次参加南繁（他从事育种工作40年，共参加南繁35次）。

1976年7月，宁春4号育成定系，收获种子400g。

1978年，通过自考，他被评为三级助理农技员。

1980年，晋升为农艺师。同年，宁春4号以亩产第一的成绩，通过了中试。

1980—1981年，宁春4号以突出的丰产性和良好的综合性状完成了生产性试验。

1981年，提任为良繁场副场长。同年，当选为政协银川市第五届委员。

这一年，他被转为国家正式干部，并光荣地出席了全国第一次青年自学成才经验交流会。同年5月5日，他加入了中国共产党，实现了多年夙愿。

1981年11月，宁春4号通过了自治区农作物品种审定委员会第二次会议审定，并正式命名。从此，开始大面积、长时间、多区域推广。

1982年，宁春4号在宁夏川区种植面积30万亩，翌年推广至64万亩，超过了主推品种斗地1号，完成了宁夏小麦品种的第四次更新，时至今日仍为宁夏及大多春麦种植区小麦的当家品种。

1983年，当选为第五届宁夏回族自治区人大代表。同年，当选为第六届全国青联委员。这一年，他又以第一名成绩考入宁夏农学院干部专修班，经过两年边工作边学习的苦读，仍以全班第一名成绩毕业，完成了从一个农工到农业科技人员的蝶变。

1988年，当选为第六届宁夏回族自治区人大代表。

1990年，当选为第九届中共宁夏回族自治区党代会代表。

1991年，为便于宁春4号推广工作，经上级批准，裘志新主持的小麦育种团队从良繁场剥离，单独成立了永宁县小麦育种繁殖所（县属正科级事业单位），裘志新被任命为所长。同年，破格晋升为高级农艺师。

1993 年，当选为第七届宁夏回族自治区人大代表。

1995 年，当选为第十届中共宁夏回族自治区党代会代表。同年，晋升为农业技术推广研究员。

1996 年，裘志新母亲病逝。当时，他正在南繁并处于小麦扬花授粉的关键时期，未能赶回去送终。

1997 年夏，联合国粮农组织世界著名小麦专家马丁·金格尔来所考察，盛赞宁春 4 号"是绿色革命，穿梭育种的典范，其经验值得认真总结"。

1999 年，裘志新遭遇车祸，断了五根肋骨和右锁骨。

2008 年，担任北京奥运圣火银川传递手。同年，他年满 60 周岁，办了退休手续。组织上从工作出发返聘他为名誉所长。在返聘期间，他又指导团队育成了宁春 51 号、52 号和 53 号等良种。

2013 年，因脑梗后遗症病情加重，为不影响工作，他主动提出终止返聘治病。

2017 年年底，病情持续发展，完全丧失了思维和表达能力。从此，长期病卧在床。

2021 年 12 月 20 日上午 9 点 20 分，在家平静离世，享年 74 岁。

2021 年 12 月 23 日，在举行遗体告别仪式后，裘志新骨灰安放在银川汉民公墓。

二、殊荣

1978 年，获宁夏回族自治区"育成小麦新品种奖"；同年，被国家人事部记一等功，被全国总工会授予"五·一"劳动奖和全国农业劳动模范称号；被国家民委授予"全国少数民族地区先进科技工作者"称号。

1984年，宁春4号荣获宁夏回族自治区科技成果一等奖。

1990年，宁春4号获全国发明展览会铜奖。

1991年起，享受国务院特殊津贴（宁夏首批）。

1993年，宁春4号荣获银川市科技特等奖。

1994年，他被评为"宁夏回族自治区优秀共产党员"。

1998年，宁春4号获国家科技进步三等奖。

1998年3月当选为第九届全国人大代表。

1999年，被授予"全国优秀科技专家"。同年，获"宁夏十大科技明星"称号，并记一等功表彰。

2001年，获自治区科技特等奖。同年，被授予"全国优秀共产党员"称号。

2007年当选为党的十七大代表。

2008年，获宁夏回族自治区"有特出贡献、专业技术杰出人才奖"。

2013年，获宁夏回族自治区"塞上英才奖"。

2018年，入选中国文史研究会等单位编辑的《庆祝宁夏回族自治区成立60周年，60位风云人物》史册。

2019年9月26日，获"新中国最美奋斗者"称号和奖章等。

参考文献

《最美奋斗者袁志新》，黄河出版传媒集团、宁夏人民出版社，2019 年 10 月出版，最美奋斗者编委会编。

后　记

　　本书搁笔之际，仍感意犹未尽，内心依然被裴志新同志的崇高品格、远大志向、坚韧不拔的毅力和为实现"一粒良种能造福千万苍生"的宏愿，终身耕耘在黄土地直至积劳成疾不幸病逝的为民情怀震撼着。于是，便有了这篇非正式意义后记的后记。

　　裴志新从社会底层的一名知青蝶变为国内外著名的春麦育种专家，由一位不被人正眼所瞧的农工成长为新中国最美奋斗者，他所在的一个科级事业单位又荣膺国家级大奖，让人惊叹不已。那么，是什么力量支撑他培育推广40年久种不衰的春麦良种呢？又有哪些因素促成他不畏艰辛从麦田跋山涉水，荣登北京人民大会堂颁奖台的呢？他短小精悍的身上究竟隐藏着哪些成功密码和心路历程呢？作为作者，有责任和义务向读者尽可能剖析清楚。

　　简言之，裴志新能在逆境中成长、成才和成功，主要源于他在中华民族优秀传统文化感召下，修炼而成的一种人生态度、价值取向、思维方式和行为习惯。

　　家庭是孩子的第一所学校，父母是孩子的第一位老师，良好的家教是整个教育的基础，对儿童和青少年成长及一生发展有着特殊的作用。裘志新所幸的是长辈们接受过传统教育，他自牙牙学语起便受到他（她）们勤奋工作、勤俭持家、勤勉学习等言传身教影响；3岁时，父母就给他讲解先贤荀子《劝学篇》中的故事，从小便知晓"耕读传家久、诗书济世长"，"知之者不如好之者、好之者不如乐之者"及"不积跬步无以至千里、不积小流无以成江海"等学习的重要意义和有效方式，对读书充满了浓厚兴趣，并逐步养成了知行合一、追求卓越的习惯，自小学到中学均系学校的尖子生，且德智体全面发展，高中时更是年年被学校评为"三好学生"。俗话说，三岁看老，良好的家庭和学校教育，为裘志新日后成功确立了高远的志向，奠定了扎实的基础知识，练就了顽强的性格、不屈的意志和超人的自控力，值得为人父母和教育工作者深思和借鉴。

裘志新高考落榜，父亲顶着酷暑为他找了一份临时工作，本可在杭州上班挣钱平静生活，但他却"偷"了家中户口本报名下乡，赴西北大漠腹地的宁夏，甘于在黄土地刨食为生。这是他信奉先哲们"莫听穿林打叶声，何妨吟啸且徐行。竹仗芒鞋胜轻马，谁怕？一蓑烟雨任平生"的豁达人生观，坚信"一分耕耘一分收获"，人生成功与否不在于从事的职业，而取决于自己在所从事职业岗位上的付出和创造的价值。一个18岁的青年对人生有着如此深刻的认知，实系难能可贵！

人往高处走。大多知青下乡后，想得较多的是如何尽快返回城市，这是人之常情，无可厚非。裘志新却在登上西行列车时，就立下了在宁夏干一辈子，做一个有文化有知识的新农民，在改变村队落后面貌中实现人生价值的雄心壮志。此时，他内心已确立了"舜既躬耕，禹亦稼穑。远昔周典，八政始食"等历代先贤拥有的尊农、重农、务农的价值取向。他深知农业是一个比较效益低且见效慢的产业，唯有做好长期打算，方能创出一番业绩。即使在知青政策调整他家分得一个返城指标的难得机遇时，他仍毅然放弃，矢志不渝终身耕耘在这片黄土地。不仅兑现了承诺，还实现了远高于当初设定的人生目标，让人油然而生敬意！

裘志新被抽调到永宁县良种繁殖场后，与团队一起跋山涉水、砥砺奋进，育成并大面积推广宁春4号春麦良种造福麦农功勋卓著。有人却说他运气好。但少有人清楚，宁春4号从杂交组配到获得审批推广历时八年，此后从大面积种植至千方百计保持优良种性又长达三十余年。除久久为功的顽强毅力外，重要的是他坚持先贤们"业精于勤荒于嬉，行成于思毁于随""凡事预则立不预则废"的成功之道。一切从长计议，确立超前的系统思维，采取了无数创新举措，才演绎了四十年久种不衰的传奇。要说运气，是裘志新赶上了改革开放的国运，遇到了蔡竹林、吴宣文、邵汉青、孙亦民、刘忠祥、张玉英、伍光义等一批重视农业、尊重人才，勇于排除干扰，坚持实事求是，倾情、倾力支持育种事业的众多县委、政府领导。

裘志新主持单位工作后，大胆改革用人制度，提出了研、学、农三结合的用人之策。在改革过程中，他置待业在家的女儿不顾，却为一个素不相识、但有文化、有务农实践经验、且钟情种地的青年农民争取到事业单位编制来场工作，既让人不可思议，又使人万分敬佩。这源于他践行"天下为公""荐贤任能"等中华优秀传统文化倡导的做人之本和公正无私的用人之道，也让身边的同志接受了一次精神洗礼，使广大干部、群众进一步感悟到：大道之效，贵在于行。

　　裘志新担任永宁县小麦育种繁殖所所长后公务更加繁忙，他仍一辆摩托闯天下。上级领导让他买一辆公务用车，但他却予婉拒，直至发生车祸；他任育繁所所长长达27年，有太多出国考察交流机会，但他终身未跨出国门。这源于他深谙"壁立千仞无欲则刚"的立身之本和"己所不欲，勿施于人"的带兵之道，让人钦佩不已。

　　裘志新在四十年育种生涯中，慎终如始坚持艰苦奋斗的作风，连挂在麦穗上的硬纸标牌都擦净字迹重复利用。没人要求他这么做，也无任何制度规定他这么做，但"一粥一饭，当思来之不易；半丝半缕，恒念物力维艰"等古训已深入他的骨髓中，是其内心涌动出来的本性决定的。他的所作所为堪称低成本发展之楷模，在向中华民族复兴的伟大征程中值得大力弘扬。

　　裘志新在近三十年基层领导岗位上，从不接受外人送的礼品，被同事们公认为"一个真正的共产党干部、一位全心全意为人民服务的科学家。"这是源于他严格遵循"明道德以固本，重修养以安魂，知廉耻以静心，去贪欲以守节"和"千里之堤，溃于蚁穴"等传承千年的廉政文化所致。凡知晓其事迹的人们无不肃然起敬，心悦诚服。

　　……

　　裘志新留下的足迹说明，他的成功绝非偶然实系必然，是上下五千年酿就的中华优秀传统文化哺育的结果；也是中国共产党人的初心使命所致。充分彰显了优秀传统文化弥足珍贵的张力和育人之效。裘志新的闪光之处，不在于懂得国学中的至理名言，关键是在漫长的人生岁月中，始终坚守知行合一、身心相接、事上磨炼，做胜于说的立身之道。他一生经世济民，将自己抱负融入为庶民造福中，谱就了一曲动人心魄的生命壮歌，回答了人活着究竟为了什么，这个人人难以回避的生命之问。需指出的是，裘志新同志是先后到宁夏插队千余名杭州知青中的杰出代表。他（她）中绝大多数均怀有生如蝼蚁当有鸿鹄之志，命如纸薄应有不屈之心的宏愿、在逆境中成长、成才，并走向成功。为我国独有的知青文化园绽放了一朵约丽的奇葩。

裘翁已去。作者深信，裘志新与众多英模精神必将融入中华优秀文化的洪流中，在华夏大地生根、发芽、开花、结果。这正是本书写作的初衷，能成全作者愿望的，只能是读者朋友。

在本书写作过程中，得到了不少麦农、裘志新同事和"插友"们的大力支持和帮助，尤其是项宗西同志百忙中为本书作序并与吴宣文、杨仁山、俞品、蒋小鸣、包培、金锋等同志提出了不少真知灼见的建议；李前荣作为裘志新的学生、高级农艺师对书中有关育种专业方面的知识悉心把关；贺万平、张振锁、陶媛、李凤香、裘敏、伍光义、张文英、金维新等同志与《杭宁知青》《永宁杭州知青联谊会工作群》《杭州永宁知青（银川）群》《别来常思君》等微信平台均提供了不少素材，在此一并表示感谢。

2022 年 2 月初稿于银川

2022 年 12 月改于香树花城